TRILOGIA

JON FOSSE

Trilogia
Vigília, Os sonhos de Olav e Repouso

Tradução do norueguês
Guilherme da Silva Braga

PRÊMIO NOBEL
COMPANHIA DAS LETRAS

Copyright © 2014 by Jon Fosse, Samlaget
Trilogia: *Vigília* (2007), *Os sonhos de Olav* (2012) e *Repouso* (2014). Publicado mediante acordo com Winje Agency and Casanovas e Lynch Literary Agency.

Esta tradução foi feita com o apoio financeiro da NORLA.

Grafia atualizada segundo o Acordo Ortográfico da Língua Portuguesa de 1990, que entrou em vigor no Brasil em 2009.

Título original
Andvake (2007), Olavs Draumar (2012) e Kveldsvævd (2014)

Capa
Raul Loureiro

Imagem de capa
The Storm, de Edvard Munch, 1893. Óleo sobre tela, 91,8 × 130,8 cm.
Bridgeman Images/ Easypix Brasil

Preparação
Mariana Donner

Revisão
Érika Nogueira Vieira
Bonie Santos

Dados Internacionais de Catalogação na Publicação (CIP)
(Câmara Brasileira do Livro, SP, Brasil)

Fosse, Jon
 Trilogia / Jon Fosse ; tradução Guilherme da Silva Braga.
— 1ª ed. — São Paulo : Companhia das Letras, 2024.

 Título original: Andvake ; Olavs Draumar ; Kveldsvævd.
 ISBN 978-85-359-3692-6

 1. Ficção norueguesa I. Título.

23-186868   CDD-839.823

Índice para catálogo sistemático:
1. Ficção : Literatura norueguesa   839.823

Cibele Maria Dias – Bibliotecária – CRB-8/9427

Todos os direitos desta edição reservados à
EDITORA SCHWARCZ S.A.
Rua Bandeira Paulista, 702, cj. 32
04532-002 — São Paulo — SP
Telefone: (11) 3707-3500
www.companhiadasletras.com.br
www.blogdacompanhia.com.br
facebook.com/companhiadasletras
instagram.com/companhiadasletras
twitter.com/cialetras

Sumário

Vigília, 7
Os sonhos de Olav, 67
Repouso, 141

VIGÍLIA

I.

Asle e Alida caminhavam pelas ruas de Bjørgvin, no ombro Asle carregava duas trouxas com tudo o que eles tinham e na mão levava o estojo com o violino herdado do pai Sigvald, e Alida levava duas redes com comida, e naquela altura eles tinham caminhado várias horas pelas ruas de Bjørgvin à procura de um alojamento, mas parecia impossível alugar uma casa onde quer que fosse, não, diziam, infelizmente não temos nada para alugar, diziam, o que temos para alugar já está tudo alugado, era assim que diziam, e então Asle e Alida continuaram a andar daquele jeito pelas ruas e a bater nas portas e a perguntar se podiam alugar um quarto, mas nenhuma das casas tinha quarto para alugar, então para onde eles poderiam ir, onde poderiam encontrar abrigo contra o frio e a escuridão no avançado do outono, num lugar ou outro eles teriam que encontrar um quarto para alugar, e pelo menos não estava chovendo, mas logo também começaria a chover, e eles não podiam seguir andando daquele jeito, e por que ninguém queria recebê--los, será que dava para ver que Alida logo teria uma criança, aquilo podia acontecer a qualquer momento, e dava para ver, ou será que era porque os dois não eram casados e assim não podiam ser considerados um casal decente, ou sequer pessoas decentes, mas será que dava para notar, não, talvez não, mas talvez desse para notar mesmo assim, um motivo tinha de haver para que ninguém quisesse oferecer--lhes uma casa, e não era por não querer se casar que Asle e Alida ainda não tinham recebido a bênção da igreja, pois como haveriam de encontrar tempo e oportunidade para uma coisa dessas, os dois não contavam mais do que dezessete anos, então é claro que não tinham o necessário para o casamento, mas assim que tivessem os dois pretendiam se casar de verdade, na igreja, e na festa de casamento haveria comida e música e tudo mais, porém naquele momento as coisas teriam de ficar como estavam, e na verdade era bom que tivessem de ficar como estavam, mas por que ninguém queria recebê-los, o que havia de errado com eles, talvez ajudasse pensar em si mesmos como um marido e uma mulher casados, porque se pensassem assim com certeza seria mais difícil para os outros notar que os dois andavam mundo afora como dois pecadores, e naquele momento eles já tinham batido em muitas portas e ninguém a quem houvessem perguntado sobre uma casa disponível se mostrara disposto a recebê-los e eles não podem seguir andando daquele jeito, a noite está caindo, é o fim do outono, está escuro e frio e logo também vai começar a chover

Estou cansada, disse Alida

e os dois param e Asle olha para Alida e não sabe o que dizer para lhe oferecer consolo, já por muitas vezes os dois haviam se consolado falando sobre a criança que logo vai nascer, será que é uma menina ou um menino, os dois se perguntavam, e Alida achava que seria mais fácil criar uma menina, e ele achava o contrário, que meninos eram mais fáceis de lidar, mas, fosse menino ou fosse menina, os dois haveriam de sentir-se felizes e gratos pela criança da qual dentro em pouco seriam pai e mãe, e assim os dois falavam e se consolavam ao pensar na criança que dentro em pouco haveria de nascer. Asle e Alida caminhavam pelas ruas de Bjørgvin. Até então os dois não haviam se preocupado muito com o fato de que ninguém queria recebê-los, no fim tudo daria certo, logo surgiria alguém com um quartinho para alugar onde os dois poderiam morar por um tempo, no fim tudo daria certo, porque havia muitas casas em Bjørgvin, casas pequenas e casas grandes, lá não era como em Dylgja, onde não havia muitas propriedades nem muitas casas à beira-mar, ela, Alida, era filha da mãe Herdis na Encosta, eles diziam, e tinha nascido em uma pequena propriedade em Dylgja, onde cresceu na companhia da mãe Herdis e da irmã Oline depois que o pai Aslak saiu e nunca mais voltou quando Alida tinha três anos e a irmã Oline cinco, e Alida não tinha praticamente nenhuma lembrança do pai, apenas da voz dele, porque ainda conseguia ouvir a voz dele, o grande sentimento que havia naquela voz, aquele som claro e soante e carregado, mas por outro lado isso era tudo o que tinha do pai Aslak, porque ela não se lembrava da aparência dele, ou do que mais fosse, só mesmo da voz dele ao cantar, isso era tudo o que ela tinha do pai Aslak. E ele, Asle, tinha sido criado num abrigo de barcos em Dylgja, mobiliado como um pequeno alojamento no sótão, lá ele havia crescido com a mãe Silja e o pai Sigvald até o dia em que o pai Sigvald estava em alto-mar durante uma tempestade repentina de outono, ele pescava nas ilhas a oeste no mar e o barco afundou perto das ilhas, nos arredores de Pedra Grande. E assim a mãe Silja e Asle ficaram sozinhos no Abrigo de Barcos. Mas pouco tempo depois que o pai Sigvald sumiu a mãe Silja adoeceu, ela ficou cada vez mais magra, tão magra que quase dava para ver a ossatura por trás do rosto dela, aqueles grandes olhos azuis tornaram-se cada vez maiores e por fim ocuparam todo o rosto, ou pelo menos era o que parecia a Asle, e os longos cabelos castanhos tornaram-se ainda mais finos, e também mais ralos, e assim numa manhã em que ela não se levantou Asle a encontrou morta na cama. A mãe Silja estava deitada lá, com aqueles grandes olhos azuis vidrados, olhando para o lado, para o lugar onde o pai Sigvald deveria estar. Os longos e finos cabelos castanhos cobriam a maior parte do rosto dela. A mãe Silja estava lá, deitada de lado e morta. Tudo isso aconteceu mais de um ano atrás, quando Asle tinha dezesseis anos. E naquele momento tudo o que ele tinha na vida além de si mesmo eram as poucas coisas no Abrigo de Barcos e o violino deixado pelo pai Sigvald. Asle estava sozinho, totalmente sozinho, a não ser por Alida. Ao ver a mãe Silja deitada lá, infinitamente morta e perdida, ele só conseguiu pensar em Alida. Nos longos cabelos pretos dela, nos olhos pretos dela. Em toda ela. Ele tinha Alida. Naquele momento, Alida era tudo o que lhe havia restado. Era tudo em que ele conseguia pensar. Asle levou a mão até o corpo branco e frio da mãe Silja e acariciou-lhe o rosto. Naquele momento Alida era tudo o que ele tinha. Foi o que Asle pensou. E além disso ele tinha o violino. Foi o que Asle também pensou. Pois o pai Sigvald não tinha sido apenas um pescador, ele também fora um excelente músico, e tocava em todos os casamentos nos arredores de Sygna, assim tinha sido por muitos anos, e se havia baile num entardecer de verão, era sempre o pai Sigvald quem tocava. Em outra época ele tinha deixado o leste e ido a Dylgja para tocar no casamento de um camponês em Leite, e foi assim que ele e a mãe Silja haviam se conhecido, ela trabalhava como criada na casa e servia comida no casamento, e o pai Sigvald tocava. Foi assim que o pai Sigvald e a mãe Silja se conheceram. E a mãe Silja engravidou. E ela teve Asle. E para sustentar a si e aos seus o pai Sigvald começou a trabalhar para um pescador que morava nas ilhas do oceano, o pescador morava em Pedra Grande e como parte do pagamento Sigvald e Silja podiam morar num abrigo de barcos que o pescador tinha em Dylgja. E assim o músico e pescador Sigvald estabeleceu-se no Abrigo de Barcos em Dylgja. E assim foi. E assim tudo se passou. E naquele momento tanto o pai Sigvald como a mãe Silja haviam ido embora. Embora para sempre. E naquele momento Asle e Alida caminhavam pelas ruas de Bjørgvin, e tudo o que tinham Asle levava em duas trouxas no ombro, e além disso havia o estojo e o violino deixados pelo pai Sigvald. Estava escuro e fazia frio. E naquela altura Alida e Asle tinham batido em muitas portas e perguntado por acomodações e ouvido que não havia como, eles não tinham nada para alugar, os quartos que tinham para alugar já estavam todos alugados, não eles não alugavam quartos, não havia necessidade, esse era o tipo de resposta que tinham recebido, e Asle e Alida param e olham para uma casa, pode ser que lá tenham um cômodo para alugar, mas será que eles deviam tomar coragem e bater também naquela porta, sabendo que talvez recebessem mais um não como resposta, a despeito de qualquer outra coisa, mas por outro lado eles não podiam simplesmente ficar andando pelas ruas daquele jeito, e assim precisariam tomar coragem e bater e perguntar se havia um quarto para alugar, claro, mas nem Asle nem Alida estavam dispostos a se explicar para ouvir mais um não, não há como, já estamos lotados, esse tipo de coisa, e talvez os dois tenham se equivocado ao pegar tudo o que tinham e navegar a Bjørgvin, mas o que mais poderiam ter feito, será que deviam ter ficado morando na casa da mãe Herdis na Encosta, mesmo que ela não os quisesse por lá, porque se houvesse um futuro por lá, e se os dois ao menos tivessem podido continuar morando no Abrigo de Barcos, então os dois com certeza ainda estariam morando por lá, mas um dia Asle notou que um rapaz da idade dele chegou navegando ao Abrigo de Barcos e colheu as velas e atracou na orla perto do Abrigo de Barcos e amarrou a embarcação por lá e então tomou o caminho do Abrigo de Barcos e passado um tempo se ouviram batidas e depois que Asle abriu a portinhola e depois que o sujeito havia subido e limpado a gar-

ganta ele disse que a partir daquele momento o Abrigo de
Barcos pertencia a ele, porque o pai dele havia sumido no
mar com o pai de Asle, e a partir daquele momento ele precisava do Abrigo de Barcos e nesse caso era claro que Asle
e Alida não podiam morar por lá, eles precisavam juntar as
coisas deles e encontrar outro lugar para morar, é a vida,
ele disse, e em seguida entrou e sentou-se na cama ao lado
de Alida que estava lá com a barriga enorme mas logo ela
se levantou e foi até Asle e então o sujeito se deitou na cama e estendeu o corpo e disse que estava cansado e precisava relaxar um pouco, ele disse, e Asle olhou para Alida e
logo os dois foram até a portinhola e a abriram. E então os
dois desceram a escada e saíram e ficaram parados no lado
de fora do Abrigo de Barcos. Alida com a barriga enorme,
e Asle

Agora não temos onde morar, disse Alida

e Asle não respondeu

Mas o abrigo de barcos é dele, e assim não podemos fazer nada, disse Asle

Não temos onde morar, disse Alida

É o fim do outono, está frio e escuro e precisamos de
um lugar para morar, ela disse

e os dois ficaram parados lá fora sem dizer nada

E eu logo vou ter nosso filho, posso ter nosso filho a
qualquer momento, ela diz

É, diz Asle

E não temos nenhum lugar para onde ir, ela diz

e então Alida senta-se no banco junto à parede do abrigo de barcos, que o pai de Sigvald havia construído

Eu devia ter matado aquele sujeito, diz Asle

Não fale assim, diz Alida

e então Asle chega mais perto e senta-se ao lado de Alida no banco

Eu vou matar aquele sujeito, diz Asle

Não, não, diz Alida

É assim que as coisas funcionam, uma pessoa é o dono e outra não é, ela diz

E o dono decide sobre as pessoas que como nós não são donos, ela diz

Talvez seja assim mesmo, diz Asle

E é assim que deve ser, diz Alida

Deve mesmo, diz Asle

e Alida e Asle ficam sentados no banco sem dizer nada e depois de um tempo o dono do Abrigo de Barcos sai e diz que eles podem juntar as coisas deles, porque a partir daquele momento é ele quem mora no Abrigo de Barcos, ele diz, e ele não quer saber de mais pessoas por lá, ou pelo menos de Asle, ele diz, enquanto Alida, por outro lado, pode ficar lá sempre que quiser na situação em que se encontra, ele diz, dali a duas horas ele vai voltar e então os dois, ou pelo menos Asle, precisam estar fora da casa, o rapaz diz, e então vai até o barco e enquanto solta as amarras ele diz que vai fazer uma visita a um comerciante e que na volta o Abrigo de Barcos deve estar vazio e arrumado, porque já naquela noite ele dormiria por lá, e talvez Alida também, se quiser, ele diz, e a seguir empurra o barco e iça as velas e assim o barco desliza rumo ao norte ao longo da costa

Eu posso juntar as nossas coisas, diz Asle

Eu posso ajudar você, diz Alida

Não, vá para a sua casa na Encosta, vá para a casa da
mãe Herdis, diz Asle

Hoje à noite a gente talvez possa dormir lá, ele diz

Talvez, diz Alida

e ela se levanta e Asle a vê caminhar pela orla, as pernas atarracadas dela, os quadris arredondados, os longos cabelos pretos e bastos que ondulam pelas costas, e Asle fica
lá sentado olhando para Alida e ela se vira e olha para ele
e ela ergue o braço e acena para ele e então se põe a caminhar em direção à Encosta e Asle entra no Abrigo de Barcos e junta tudo o que está lá dentro em duas trouxas e sai
e põe-se a caminhar pela orla com duas trouxas no ombro
e o estojo do violino na mão e no mar ele vê que o dono
do Abrigo de Barcos está voltando e Asle sobe até a Encosta carregando no ombro duas trouxas com tudo o que ele
tem, a não ser pelo violino e o estojo, que ele leva numa
das mãos, e depois de andar um pouco ele vê que Alida vem
em sua direção e ela diz que eles não podem ficar na casa
da mãe Herdis, porque a mãe Herdis nunca gostou muito
dela, da própria filha, ela sempre preferiu a irmã Oline, e
Alida nunca tinha entendido ao certo por que era assim, e
por isso não queria ir para lá, não naquele momento, com
a barriga enorme e tudo mais, ela diz, e Asle diz que é tarde e logo vai escurecer, e à noite vai estar frio, porque é o
fim do outono, e pode muito bem ser que além de tudo co-
mece a chover, então seria melhor dobrar-se um pouco e
perguntar se eles não poderiam morar por um tempo na

casa da mãe Herdis na Encosta, ele diz, e Alida diz que se é isso o que eles precisam fazer, então ele que pergunte, porque ela não vai fazer aquilo, seria melhor dormir em outro lugar qualquer, ela diz, e Asle diz que se ele é quem tem que perguntar, então ele vai perguntar, e quando os dois chegam e entram no corredor Asle conta a verdade e diz que o dono do Abrigo de Barcos agora quer morar lá, e assim eles não têm nenhum lugar para onde ir, então será que poderiam morar por um tempo na casa da mãe Herdis, diz Asle, e a mãe Herdis diz que enfim, se as coisas estão desse jeito então não lhe resta opção a não ser deixar que os dois morem lá, mas só por um tempo, ela diz, e em seguida diz que eles podem entrar e então a mãe Herdis sobe a escada e Asle e Alida a acompanham e então a mãe Herdis entra no sótão e diz que eles podem morar lá por um tempo, mas não muito tempo, e então dá meia-volta e desce a escada e Asle larga as trouxas com tudo o que eles têm no chão e coloca o estojo do violino no canto e Alida diz que a mãe Herdis nunca gostou dela, nunca, nunca gostou dela, e ela nunca tinha entendido direito por que a mãe não gostava dela e com certeza a mãe Herdis também não gostava muito de Asle, na verdade ela nem gostava dele, simplesmente era assim, e agora que Alida estava grávida e ela e Asle não eram casados a mãe Herdis não podia viver com uma vergonha daquelas na própria casa, era assim que devia pensar a mãe Herdis, mesmo que não tivesse dito nada, disse Alida, então lá, lá os dois poderiam ficar só mesmo aquela noite, só uma única noite, disse Alida, e Asle disse que então a única coisa que restava a fazer era tomar o ca-

minho de Bjørgvin na manhã seguinte, porque lá devia
haver uma casa para eles, uma vez ele tinha estado lá, em
Bjørgvin, disse Asle, com o pai Sigvald, e ele ainda se lembrava de tudo, das ruas, das casas, de todas as pessoas, dos
barulhos e cheiros, de todas as lojas, de todas as coisas nas lojas, tudo era muito claro na lembrança dele, ele disse, e então Alida perguntou como eles fariam para chegar a Bjørgvin,
e Asle respondeu que eles teriam de arranjar um barco
     Arranjar um barco, disse Alida
     É, diz Asle
     Que barco, diz Alida
     Tem um barco amarrado em frente ao Abrigo de Bar-
cos, disse Asle
     Mas aquele barco, disse Alida
     e então ela viu Asle se levantar e sair e Alida se deitou
na cama do sótão e estendeu o corpo e fechou os olhos e
ela está muito cansada, muito cansada, e então ela vê o pai
Sigvald sentar-se com o violino dele e pegar uma garrafa e
tomar um trago generoso, e então ela vê Asle por lá, os olhos
pretos, os cabelos pretos, e de repente tudo afunda nela, porque lá estava ele, lá estava o menino dela e então ela vê o
pai Sigvald acenar para Asle e ele vai até o pai e ela vê Asle
sentar-se e apoiar o violino no queixo e então ele começa
a tocar e no mesmo instante tudo se derrete nela e ela é al-
çada às alturas e naquela música ela ouve o pai Aslak cantar e ouve a própria vida e o próprio futuro e ela sabe, ela
sabe, ela está presente naquele momento do próprio futuro e tudo está lá no alto e tudo é difícil porém a música
está lá e além do mais aquela deve ser a música que cha-

mam de amor e ela está presente naquilo e não queria estar em nenhum outro lugar e de repente chega a mãe Herdis e pergunta o que ela está fazendo, por acaso ela já não devia ter levado água para as vacas, por acaso ela já não devia ter limpado a neve com a pá, o que ela estava pensando, será que estava pensando que a mãe Herdis era quem tinha que se encarregar de tudo, de limpar a casa, cuidar dos bichos, preparar comida, será que já não era difícil o bastante fazer tudo o que devia ser feito sem que ela sempre, sempre tentasse escapar, não, não havia como, ela precisava tomar jeito, olhar para a irmã Oline, olhar como ela ajudava e sempre, sempre fazia todo o possível, imaginar que duas irmãs pudessem ser tão diferentes, tanto na aparência como em todo o resto, e que tudo pudesse acabar daquele jeito, mas uma havia puxado ao pai, a outra à mãe, uma clara como a mãe, a outra escura como o pai, assim eram as coisas, não havia como escapar, e jamais seria de outra forma, disse a mãe Herdis, e ela jamais haveria de ajudar, porque a mãe sempre falava mal dela e a xingava, ela era a irmã má e Oline era a irmã boa, ela era a irmã preta e a irmã Oline era a branca, e Alida estende o corpo na cama e o que vai ser agora, para onde será que eles iriam, ela teria a criança a qualquer momento, não que o Abrigo de Barcos fosse grande coisa, mas pelo menos era um lugar para morar e agora eles nem ao menos poderiam ficar por lá e não tinham nenhum lugar para onde ir, nem dinheiro, não, eles não tinham praticamente nada, claro que ela tinha umas cédulas, e Asle também, mas era pouco, muito pouco, praticamente nada, mas os dois acabariam por dar um jeito, ela tinha certeza, no fim tudo daria certo, mas bem que Asle podia voltar logo, porque aquela história do barco, não, ela não devia pensar naquilo, teria de acontecer o que tinha de acontecer, e Alida ouve a mãe Herdis dizer que ela era preta e feia como o pai, e tão preguiçosa quanto, sempre tentando escapar, diz a mãe Herdis, o que seria feito dela, pelo menos era a irmã Oline quem assumiria a propriedade, porque Alida não saberia cuidar daquilo, tudo acabaria uma bagunça, ela ouve a mãe Herdis dizer, e então ouve a irmã Oline dizer que é bom que seja ela a herdar a propriedade, a bela propriedade que elas têm na Encosta, diz a irmã Oline, e Alida ouve a mãe Herdis perguntar o que vai ser feito de Alida, ora, ela é que não sabe, e Alida diz que ela não precisa se preocupar, e de qualquer forma ela não se preocupa, e então Alida sai e vai até o Rochedo onde ela e Asle costumam se encontrar e quando se aproxima ela vê que Asle está lá sentado com o rosto pálido e abatido e ela vê que os olhos pretos dele estão úmidos e ela sabe que alguma coisa aconteceu e então Asle olha para ela e ele diz que a mãe Silja morreu e agora tudo o que ele tem é Alida e ele se deita de costas e Alida se aproxima e se deita ao lado dele e ele a abraça e a estreita junto de si e diz que naquela manhã encontrou a mãe Silja morta, ela estava deitada na cama e os enormes olhos azuis ocupavam todo o rosto dela, ele diz, e ele estreita Alida junto de si e então os dois somem um no outro e ouve-se apenas o sussurro do vento e de umas poucas árvores e os dois somem e se envergonham e matam e conversam e já não pensam mais e depois ficam deitados no Rochedo e se envergonham e endireitam o corpo e ficam sentados no Rochedo olhando para o mar

Imagine fazer uma coisa dessas no dia em que a mãe Silja morreu, diz Asle

É, diz Alida

e Asle e Alida levantam-se e ficam lá parados e ajeitam as roupas e ficam lá parados e olham para as ilhas a oeste no mar, em direção a Pedra Grande

Você está pensando no pai Sigvald, diz Alida

Estou, diz Asle

e ele ergue a mão no ar e fica lá com a mão erguida contra o vento

Mas você tem a mim, diz Alida

E você tem a mim, diz Asle

e então Asle começa a balançar a mão de um lado para o outro como se fizesse um aceno

Você está acenando para os seus pais, diz Alida

Estou, diz Asle

E você percebeu, ele diz

Percebeu que eles estão aqui, ele diz

Os dois estão aqui, ele diz

e então Asle baixa a mão e a leva em direção a Alida e acaricia o rosto dela e depois leva a mão até a mão dela e assim os dois permanecem

Mas imagine, diz Alida

Sim, diz Asle

Mas imagine se, diz Alida

e ela leva a outra mão à barriga

É, imagine, diz Asle

e os dois sorriem um para o outro e então, de mãos dadas, os dois começam a descer a Encosta e Alida vê que Asle está no sótão com os cabelos úmidos e parece ter uma expressão de sofrimento no rosto e parece cansado e abatido

Por onde você andou, diz Alida

Não foi nada, diz Asle

Mas você está molhado e com frio, ela diz

e ela diz que Asle precisa se deitar e ele fica lá parado

Não fique aí parado, ela diz

e ele fica lá parado, imóvel

O que foi, ela diz

e ele diz que eles precisam ir, o barco está pronto

Mas você não quer dormir um pouco, diz Alida

Temos que ir, ele diz

Só um pouco, você precisa descansar um pouco, ela diz

Não muito, só um pouco, ela diz

Você está cansada, diz Asle

Estou, diz Alida

Você dormiu, ele diz

Acho que dormi, ela diz

e ele fica parado sob o teto enviesado

Venha, ela diz

e ela estende os braços em direção a ele

Nós temos que ir de uma vez, ele diz

Mas para onde, ela diz

Para Bjørgvin, ele diz

Mas como, ela diz

De barco, ele diz

Mas então precisamos de um barco, ela diz

Eu arranjei um barco, ele diz

Primeiro descanse um pouco, ela diz

Só um pouco, ele diz

As roupas também precisam secar um pouco, ele diz

e Asle se despe e estende as roupas no chão e Alida abre o cobertor e Asle entra na cama e chega perto dela e se aconchega nela e ela sente o quanto ele está frio e molhado e pergunta se deu tudo certo e ele diz que sim, deu tudo certo e ele pergunta se ela dormiu e ela diz que acha que dormiu e ele diz que agora eles podem descansar um pouco e depois precisam levar o máximo de comida possível, e também umas cédulas, se puderem encontrá-las, e depois precisam zarpar com o barco antes do nascer do sol e ela diz que tudo bem, eles podem fazer como ele achar melhor, ela diz, e os dois ficam lá deitados e ela vê Asle sentado com o violino e ela fica lá olhando e ouve a canção do próprio passado, e ouve a canção do próprio futuro, e ouve o pai Aslak cantar, e ela sabe que tudo está decidido e é assim que há de ser e põe a mão na barriga e a criança chuta e ela pega a mão de Asle e a põe na barriga e a criança chuta outra vez e então ela ouve Asle dizer que não, eles precisam ir embora ainda com tudo às escuras, é o melhor a fazer, ele diz, e ele está tão cansado, ele diz, que se pegar no sono vai dormir um sono longo e profundo, mas ele não pode, eles precisam ir para o barco, diz Asle, sentando-se na cama

Será que não podemos ficar mais um pouco deitados, diz Alida

Fique você deitada mais um pouco, diz Asle

e ele se põe de pé e Alida pergunta se ele quer que ela acenda a vela e ele diz que não precisa e começa a se vestir e Alida pergunta se as roupas dele estão secas, não, ele diz, não estão bem secas, mas tampouco estão molhadas, ele diz, e logo se veste e Alida senta-se na cama

Agora vamos para Bjørgvin, ele diz

Nós vamos morar em Bjørgvin, diz Alida

É, vamos, diz Asle

e Alida se põe de pé e acende a vela e só então ela vê o quanto Asle parece desesperado e ela começa a se vestir

Mas onde vamos morar, ela diz

Vamos ter que encontrar um lugar, ele diz

Vamos dar um jeito, ele diz

Tem muitas casas em Bjørgvin, tem muito de tudo por lá, vai dar certo, ele diz

Se não tiver um quarto para a gente em nenhuma das casas em Bjørgvin, não sei de mais nada, diz Asle

e ele pega as duas trouxas e as levanta do chão e as coloca no ombro e ele pega o estojo do violino na mão e Alida pega a vela e abre a porta e ela vai na frente de Asle, devagar e em silêncio, desce a escada e ele desce a escada em silêncio logo atrás

Eu vou pegar um pouco de comida, diz Alida

Muito bem, diz Asle

Eu espero você no pátio, ele diz

e Asle sai ao corredor e Alida entra na despensa e pega duas redes e coloca linguiça e pão e manteiga nas redes

25

e sai ao corredor e abre a porta e vê Asle no pátio lá fora e entrega as redes para ele e ele se aproxima e as pega

Mas o que a sua mãe vai dizer, ele diz

Ela que diga o que bem entender, diz Alida

Mas é que, ele diz

e Alida entra no corredor e entra na cozinha e sabe muito bem onde a mãe esconde as cédulas, no alto do armário, em uma caixa, e Alida pega um mochinho e o coloca em frente ao armário e sobe em cima do mochinho e abre o armário e lá do fundo ela pega a caixa e a puxa e ela abre a caixa e pega as cédulas que estão lá dentro e empurra a caixa de volta para o fundo do armário e fecha a porta do armário e fica lá em cima do mochinho com as cédulas na mão e então a porta da sala se abre e ela vê o rosto da mãe Herdis no brilho da vela que a mãe tem consigo

O que você está fazendo, diz a mãe Herdis

e Alida está lá e desce do mochinho

O que você tem na mão, diz a mãe Herdis

Era o que faltava, ela diz

Não consigo acreditar, ela diz

A que ponto você chegou, você agora está roubando, ela diz

Você vai ver só, ela diz

Você está roubando da sua própria mãe, ela diz

Como pode uma coisa dessas, ela diz

Você é igualzinha ao seu pai, ela diz

Faça as malas como ele fez, ela diz

E além disso você é uma vagabunda, ela diz

Olhe só para você, ela diz

Me dê as cédulas, ela diz
Me dê as cédulas agora mesmo, ela diz
Sua puta, diz a mãe Herdis
e ela pega a mão de Alida
Me solte, diz Alida
Solte, diz a mãe Herdis
Me solte, sua puta, ela diz
Não solto, diz Alida
Roubar da própria mãe, diz a mãe Herdis
e Alida bate na mãe com a mão livre
Você bateu na sua própria mãe, diz a mãe Herdis
Você é ainda pior do que o seu pai, ela diz
Ninguém bate em mim, ela diz
e a mãe Herdis agarra os cabelos de Alida e puxa e Alida grita e também agarra os cabelos da mãe Herdis e puxa e de repente Asle está lá e ele pega a mão da mãe Herdis e a faz soltar Alida e de repente é ele quem a segura
Saia daqui, diz Asle
Eu vou lá para fora, diz Alida
Então vá, ele diz
Leve as cédulas e me espere no pátio, diz Asle
e Alida segura as cédulas e sai ao pátio e se posta ao lado das trouxas e das redes e está frio e as estrelas pairam no céu, e a lua brilha e ela não ouve nada e então vê quando Asle sai da casa e ele se aproxima dela e ela lhe entrega as cédulas e ele as pega e as dobra e então põe as cédulas no bolso e Alida pega uma rede em cada mão e Asle ergue as trouxas com tudo o que eles têm e as coloca no ombro e ele pega o estojo do violino na mão e diz que eles precisam ir

embora e então os dois começam a descer a Encosta e nenhum deles fala nada e faz uma noite clara de estrelas brilhantes e lua reluzente e eles descem a Encosta e lá embaixo está o Abrigo de Barcos e lá há um barco amarrado

Nós vamos simplesmente pegar o barco, diz Alida

Vamos, diz Asle

Mas, diz Alida

A gente pode pegar o barco sem nenhum problema, diz Asle

A gente pode pegar o barco e ir para Bjørgvin, ele diz

Não precisa ter medo, ele diz

e Alida e Asle descem até o barco e ele o puxa até a terra e põe as trouxas e as redes e o estojo do violino a bordo, e Alida sobe a bordo, e então Asle solta as amarras e rema um pouco e ele diz que o tempo está bom, a lua reluz, as estrelas brilham, está frio e claro, e o vento está bom para navegar rumo ao sul, ele diz, então eles poderiam navegar até Bjørgvin sem nenhum problema, ele diz, e Alida não quer perguntar se ele sabe para onde tem que navegar e Asle diz que se lembra bem da vez que ele e o pai Sigvald navegaram até Bjørgvin, ele sabe mais ou menos para onde navegar, ele diz, e Alida senta-se no paneiro e vê Asle recolher os remos e içar as velas e depois vê quando ele se posta junto ao leme e o barco começa a deslizar e a se afastar de Dylgja e Alida se vira e vê, aquela é uma noite muito clara no fim do outono, a casa na Encosta, e a casa parece ferida, e ela vê o Rochedo onde ela e Asle costumavam se encontrar, e onde ela engravidou, onde a criança que ela logo vai parir foi concebida, aquele é o lugar dela, aquela é

a casa dela e Alida vê o Abrigo de Barcos onde ela e Asle
moraram por meses e então o barco desliza ao redor do promontório e ela vê montanhas e ilhotas e escolhos e o barco aos poucos avança
Você pode se deitar e dormir um pouco, diz Asle
Posso, ela diz
Claro, diz Asle
Se enrole bem no cobertor e se deite na proa, ele diz
e Alida abre uma das trouxas e tira os quatro coberto-
res que eles têm e se acomoda na proa e se enrola bem e
então se deita e fica ouvindo o rumor do mar contra o barco e se deixa levar pelo balanço e pelo calor e pelo confor-
to que sente onde está, naquela noite fria, e ela olha para
as estrelas límpidas e para a lua cheia e reluzente
Agora começa a nossa vida, ela diz
Estamos navegando rumo à nossa vida, ele diz
Acho que não consigo dormir, ela diz
Mas assim mesmo você pode se deitar e descansar,
ele diz
É bom ficar aqui deitada, ela diz
Que bom que você está bem, ele diz
Nós estamos bem, ela diz
e então ela ouve as ondas que vêm e as ondas que vão,
e a lua brilha e a noite é como um dia misterioso e o barco
avança rumo ao sul ao longo da orla
Por acaso você não está cansado, ela diz
Não, estou bem desperto, ele diz
e então ela vê a mãe Herdis a chamá-la de puta e vê a
mãe Herdis entrar na sala em uma véspera de Natal com

uma bandeja de *pinnekjøt*, alegre e bonita e animada e longe do sofrimento pesado em que em geral se encontrava, e ela simplesmente tinha ido embora, sem nem ao menos um adeus para a mãe Herdis, e tampouco para a irmã Oline, ela simplesmente pegou o que havia encontrado de comida e colocou em duas redes e depois pegou o que havia encontrado de cédulas na casa e simplesmente foi embora e nunca mais, nunca mais ela tornaria a ver a mãe Herdis, ela sabia muito bem, e a casa na Encosta ela tinha visto pela última vez, ela tinha certeza, e nunca mais ela tornaria a ver Dylgja, se ao menos não tivesse ido embora ela poderia ter se aproximado da mãe Herdis e dito que nunca mais haveria de atormentá-la, nem agora nem mais tarde na vida, agora ela estava indo embora, o assunto estava encerrado, ela teria dito, nunca mais elas incomodariam uma à outra e da mesma forma a mãe Herdis nunca mais veria a filha como em outra época também nunca mais tinha visto o pai Aslak depois que ele sumiu e se foi, e naquele momento era ela que estava indo embora para nunca mais voltar e quando a mãe Herdis quisesse saber para onde eles estavam indo, Alida poderia dizer que ela não precisava se preocupar com isso e a mãe Herdis diria que ela de qualquer forma gostaria de dar um pouco de comida para a filha levar e depois a mãe Herdis haveria de preparar um cesto para a filha e então a mãe Herdis teria pegado a caixa de cédulas e dado um pouco daquilo para a filha e depois teria dito que não gostaria de deixar a própria filha desamparada no mundo e decerto ela nunca mais tornaria a ver a mãe Herdis e Alida abre os olhos e vê que as estrelas foram embora e que já não é mais noite e senta-se e vê Asle sentado no leme

Você está acordada, ele diz

Que bom, ele diz

Bom dia, ele diz

Bom dia para você também, ela diz

Que bom que você está acordada, porque estamos agora mesmo chegando à Baía em Bjørgvin, ele diz

e Alida se levanta e senta-se no paneiro e olha em direção ao sul

Já vamos chegar, diz Asle

É lá, veja, ele diz

Vamos navegar até o fiorde e dar a volta no promontório e assim chegamos ao Fiorde da Cidade, ele diz

Do Fiorde da Cidade é um trecho de fácil navegação até a Baía, ele diz

e Alida não vê nada além das encostas verdes em ambos os lados do fiorde, ela não vê uma casa sequer e eles navegam em direção a Bjørgvin e o vento amaina, e o barco vai simplesmente deslizando, eles comem linguiça e pão e bebem água, o vento sopra um pouco e então ganha força e assim durante a tarde eles chegaram à Baía e atracaram e amarraram o barco no Cais e Asle desceu a terra e começou a perguntar se ninguém gostaria de comprar o barco dele, não houve muito interesse, mas quando ele se dispôs a baixar o preço o barco foi vendido por umas poucas cédulas. E assim eles conseguiram mais aquelas cédulas. E assim Asle e Alida ficaram lá no Cais com as duas trouxas, e com as duas redes, e com o estojo do violino herdado do pai Sigvald, e também as cédulas. E então começaram a caminhar e pouco importava para onde fossem, disse Asle, o jeito seria dar uma volta e dar uma olhada, e mesmo que já tivesse estado em Bjørgvin ele não poderia dizer que conhecia a cidade, ele disse, mas grande era a cidade de Bjørgvin, uma das maiores, senão a maior cidade da Noruega, ele disse, e Alida disse que ela, ah, ela nunca tinha ido mais longe do que Torsvik, e aquilo era uma coisa grandiosa para ela, ela disse, estar lá, na grande cidade de Bjørgvin com casas e gente por toda parte, não, lá ela não conseguiria se achar, seriam necessários muitos dias e muitos anos até que ela conhecesse o lugar, disse Alida, mas também era uma emoção e tanto estar por lá, era mesmo, lá tinha muita coisa para ver, muita coisa acontecendo o tempo inteiro, ela disse, e Asle e Alida puseram-se a andar pelo Cais com as casas de vários andares ao lado, e viram todos os barcos amarrados ao pé das casas, barcos de todos os tipos, com velas e remos e barcos de todos os tipos que se pode imaginar

E lá fica o Mercado, disse Asle

O Mercado, disse Alida

Você nunca ouviu falar do Mercado de Bjørgvin, ele diz

Talvez, pode ser que sim, diz Alida

É lá que a gente do interior como eu e você vende as mercadorias, disse Asle

Sei, disse Alida

Eles chegam com barcos e carnes e peixes e verduras e o que mais tiverem para vender, e vendem tudo aqui, no Mercado, disse Asle

Mas por aqui não tem ninguém de Dylgja, diz Alida

Também acontece, diz Asle

e ele aponta, e lá, atrás de todos os barcos amarrados, é lá que fica o Mercado, você pode ver pela quantidade de gente e pela quantidade de barracas, é lá, ele diz, e Alida diz que para lá eles não precisam ir, será que não podem simplesmente ir para o outro lado da rua, lá tem menos gente e está mais fácil de caminhar, ela diz, e então eles atravessam a rua e na encosta mais atrás eles veem muitas casas, e o bom seria andar de casa em casa procurando alojamento, diz Asle, aqui tem muitas casas, as pessoas devem ter casas para alugar, ele diz

Enfim, diz Asle

É, diz Alida

E além disso eu preciso arranjar um trabalho para ganhar o nosso sustento, ele diz

Você quer arranjar um trabalho, diz Alida

Quero, diz Asle

Onde, diz Alida

Eu posso ir até o Mercado, ou então até o Cais, e perguntar por lá, diz Asle

E pode ser que eu encontre uma taverna onde tocar, ele diz

e Alida não diz nada e os dois entram pela rua entre as casas mais próximas e Alida diz que eles não podem simplesmente bater na primeira casa que era a mais bonita e Asle diz que é isso que eles devem fazer e eles param e Asle bate na porta e uma senhora abre e sai e ela olha para os dois e ela diz pois não e Asle pergunta se ela não teria um quarto para alugar na casa e a senhora repete quarto para alugar e então diz que seria melhor perguntar sobre quartos para alugar no lugar de onde vinham e não em Bjørgvin, não precisamos de mais gente por aqui, ela diz, e então fecha a porta e eles a ouvem dizer quarto para alugar quarto para alugar enquanto manqueja pela casa quarto para alugar quarto para alugar e os dois se olham e sorriem e atravessam a rua e batem na casa de lá, em seguida uma menina sai e olha para os dois, confusa, e quando Asle pergunta se não haveria um quarto para alugar naquela casa ela sorri e diz que ele não teria problema nenhum para encontrar um quarto, mas para ela vai ser mais difícil, diz a menina, se ela tivesse chegado uns meses atrás ela também conseguiria arranjar um quarto, mas agora, desse jeito, vai ser bem mais difícil, diz a Menina e então fica lá apoiada contra o marco da porta olhando para Asle

Você vai entrar ou não, diz a Menina

Eu não posso ficar parada aqui, ela diz

Preciso que você me responda, ela diz

e então Alida olha para Asle e o segura pela manga

Vamos embora, ela diz

Vamos, ele diz

Então vão, diz a Menina

Venha, diz Alida

e ela puxa Asle de leve e então a Menina solta uma risada e entra e fecha a porta e dá para ouvi-la dizer que não é possível uma coisa daquelas, um menino bonito daqueles com uma oferecida qualquer, ela diz, e então outra voz de mulher responde que aquilo é comum, diz a outra voz de mulher, e ainda outra diz que sempre, sempre é assim e en-

34

tão Asle e Alida seguem caminhando pela rua e caminham um bom pedaço até um lugar com várias casas

Que menina horrível, diz Alida

É, diz Asle

e os dois seguem caminhando e param defronte a porta de mais uma casa, eles batem e a despeito de ser essa ou aquela pessoa que abre ninguém tem alojamento disponível, ninguém tem lugar, ninguém aluga, a patroa não está em casa, as pessoas dizem, é uma coisa ou a outra, mas o que sempre é igual é que ninguém tem casa para eles e então Asle e Alida seguem por entre todas as casas, a maioria são casas pequenas, bem próximas umas das outras, e uma rua estreita corre por entre as casas, e em certos pontos a rua se alarga um pouco entre as casas, mas afinal onde eles estão e para onde estão indo, não, isso nem Asle nem Alida sabem, e que lá em Bjørgvin fosse tão difícil conseguir um teto para morar, para abrigar-se do frio e da escuridão, não, ninguém teria como imaginar uma coisa dessas, porque toda a tarde e todo o entardecer Asle e Alida passaram caminhando pelas ruas de Bjørgvin e batendo de porta em porta e respostas eles tiveram, das mais variadas, porém o que mais ouviram foi que não, eles não tinham quarto para alugar, o quarto estava alugado, era isso que as pessoas diziam, e naquele momento Alida e Asle tinham passado muito tempo andando e andando pelas ruas de Bjørgvin e de repente eles param, muito tranquilos, e Asle olha para Alida, para aqueles longos cabelos pretos e bastos e ondulantes, para aqueles olhos pretos e tristes

Eu estou muito cansada, diz Alida

35

e Asle vê que aquela menina querida, tão querida parece estar muito cansada e não pode ser bom para uma mulher grávida prestes a dar à luz se cansar do jeito como Alida talvez tenha se cansado, não pode ser

Será que não podemos nos sentar daqui a pouco, diz Alida

Claro que podemos, diz Asle

e eles continuam a se arrastar e logo começa a chover e eles simplesmente continuam a se arrastar, mas andar na chuva daquele jeito e se molhar, e tomar friagem, já está escuro, e está frio, é o fim do outono e eles não têm nenhum lugar onde se abrigar da chuva e do frio e da escuridão, e se ao menos houvesse um lugar onde eles pudessem sentar-se, um quarto aquecido, ah, como seria bom

Eu estou cansada, diz Alida

E agora começou a chover, ela diz

Temos que encontrar um lugar debaixo de um teto, diz Asle

Não podemos andar por aí tomando chuva, ele diz

Não, ela diz

e ela pega as redes e continua a se arrastar com passos lentos em meio à chuva

Você não está com frio, diz Asle

Estou molhada e com frio, diz Alida

e eles param, na rua, em meio à chuva, e se postam junto a uma parede, debaixo de um beiral, e lá ficam, encostados na parede

O que vamos fazer, diz Alida

Precisamos de um abrigo para a noite, ela diz

É, diz Asle

Batemos no mínimo em vinte casas perguntando sobre alojamento, diz Alida

Decerto foram mais, diz Asle

E ninguém quer nos receber em casa, ela diz

Ninguém, ele diz

Está frio demais para dormir na rua, e nós tomamos muita chuva, ela diz

É, ele diz

e então os dois passam um longo tempo de pé sem falar nada e chove e está frio e escuro e já não há mais vivalma na rua, antes havia muita gente pelas ruas, todo tipo de gente, jovens, velhos, mas naquele momento decerto estão todos em casa, com a luz e o calor, porque a chuva cai do céu e acumula-se em poças na frente deles e Alida larga as redes dela e se agacha e o queixo dela cai em direção ao peito e as pálpebras caem sobre os olhos e assim Alida fica agachada e dorme e Asle também está cansado, muito cansado, já faz muito tempo desde a última vez que eles se deitaram para dormir na casa da mãe Herdis na Encosta e depois eles se levantaram e pegaram o barco e começaram a viagem rumo ao sul em direção a Bjørgvin, essa longa viagem a Bjørgvin, mas tudo havia dado certo, o vento havia soprado durante a noite toda, só mesmo pela manhã o vento amainou e eles simplesmente deslizaram, e Asle está tão cansado que poderia dormir no lugar onde está, mas não há como, não, ele não pode dormir agora, mas ele fecha os olhos e vê que hoje o fiorde está calmo e reluz em azul, e o mar ao longe reluz em azul, e o barco ondula de leve na baía, e os morros ao redor do Abrigo de Barcos têm encostas verdes, e ele senta-se no banco e na mão tem o violino e ele põe o violino no ombro e começa a tocar e lá, lá na Encosta, lá Alida chega correndo e é como se a música dele e os movimentos dela se misturassem ao dia claro e verde e uma alegria enorme faz com que a música dele misture-se a tudo o que cresce e respira e ele sente que o amor de Alida flui sem parar para dentro dele e esse amor transborda e mistura-se à música dele e transborda por tudo o que cresce e respira e Alida se aproxima dele e senta-se no banco ao lado dele e ele simplesmente continua a tocar e Alida põe a mão na perna dele e ele toca e toca e a música é alta como o céu e espaçosa como o céu, porque ainda ontem os dois não eram mais do que conhecidos, Alida e Asle, e eles combinaram que ela o encontraria, porém eles mal haviam conversado, ontem foi a primeira vez que os dois tinham se falado, mas o conhecimento de vista e da aparência do outro existia desde que os dois haviam crescido e chegado naquela idade em que os meninos começam a notar as meninas e as meninas começam a notar os meninos, já na primeira vez que se viram eles se viram de um jeito muito profundo, os dois sabiam disso, mesmo sem dizer nada, e ontem à tarde eles conversaram e se conheceram pela primeira vez, porque ontem à tarde Asle esteve com o pai Sigvald enquanto ele tocava no casamento de um camponês em Leite, onde o pai Sigvald também havia tocado durante a tarde e a noite em que conheceu a mãe Silja, naquela vez foi o camponês de Leite que se casou, e ontem à tarde foi a filha dele, e quando Asle soube que o pai Sigvald havia de tocar no casamento ele perguntou se podia ir junto

38

Claro que pode, disse o pai Sigvald

Não tenho como responder que não, ele disse

E acho que você não se escapa de virar um músico também, disse ele

e o pai Sigvald disse que era assim, que ele era músico e músico seria, então seria assim, ele tinha aprendido a tocar bem demais, e ele, no que dizia respeito a tocar, era um músico completo, e músico era músico, não havia o que fazer, ele seria músico, o filho também, e não seria nenhuma surpresa, porque tanto o pai dele, o velho Asle, como o avô, o velho Sigvald, também haviam sido músicos, decerto aquele era o destino da linhagem, ser músico, mesmo que o destino de músico provavelmente fosse considerado uma desventura, e talvez fosse mesmo, dizia o pai Sigvald, mas músico era músico, não havia o que fazer, provavelmente, era assim que ele pensava, dizia o pai Sigvald, e se lhe perguntassem por quê, ele respondia que provavelmente estava ligado à tristeza, à tristeza causada por um motivo qualquer, ou simplesmente à tristeza, e na música a tristeza podia ser aliviada e transformar-se num voo, e o voo podia transformar-se em alegria e felicidade, e por isso era preciso tocar, por isso ele precisava tocar, e parte dessa tristeza ainda devia estar lá e por isso muita gente gostava de ouvir música, devia ser por isso, porque a música alçava tudo a uma grande altura, pouco importava se fosse tocada num funeral ou num casamento ou se as pessoas queriam apenas se encontrar ou dançar num baile, mas por que justamente o destino deles era ser músico, ora, ora, ele não sabia dizer por quê, claro que não, e além disso nunca tinha sido um homem de grande juízo ou saber, mas um músico talentoso ele tinha sido desde a juventude, desde que tinha a idade de Asle, como o próprio Asle naquele momento também já era um músico talentoso, os dois eram parecidos em muita coisa, ele e Asle, dizia o pai Sigvald, e assim como ele na idade de Asle tinha acompanhado o pai quando o avô de Asle tocava num casamento, da mesma forma Asle também haveria de acompanhar o pai e com ele aprender, e mais tarde naquele verão ele também acompanharia o pai quando o pai fosse tocar num baile, e acompanharia o pai quando o pai fosse tocar num funeral, como ele mesmo havia seguido o pai, a casamentos, a funerais, a bailes, mas se ele gostava daquilo, se ele gostava de saber que o filho seria músico, ah, isso era uma coisa muito diferente, mas não havia ninguém que perguntasse, ninguém fazia perguntas sobre o destino de um músico, mas aqueles que não tinham nada precisavam se virar com os dons concedidos por Deus, assim eram as coisas, assim era a vida

Hoje à noite vai ser a sua estreia como músico, disse o pai Sigvald

e ele disse que os dois podiam ir juntos ao casamento e depois que ele houvesse tocado um pouco Asle pegaria o violino e tocaria uma música ou duas, ele disse

Eu vou tocar até que o baile esteja animado, e aí você pega o violino, ele disse

e logo tanto o pai Sigvald quanto Asle vestiram as roupas mais bonitas e a mãe Silja deu-lhes de comer à farta, e pediu que se comportassem bem e não bebessem bem nem aprontassem nenhuma loucura, ela disse, e então o pai Sigvald pôs-se a caminho com o estojo do violino numa das mãos e ao lado dele ia Asle e quando os dois já tinham andado um pouco e estavam perto da propriedade de Leite o pai sentou-se e pegou o violino, afinou-o e brincou um pouco com as notas e então tirou uma garrafa do estojo e tomou um bom trago e tocou mais um pouco, com todo o cuidado, como se estivesse experimentando, e então o pai Sigvald estendeu a garrafa para Asle e pediu a ele que tomasse um trago e assim Asle fez e então ele entregou o violino para Asle e disse que ele também devia não só tocar o violino mas também subir cada vez mais alto, a música saía melhor com esse tipo de preparação, quando o músico começava tocando devagar, quase nada, e então começava a subir, do nada rumo à imensidão, ele disse, e então Asle sentou-se e tentou subir cada vez mais alto, partindo de quase nada, ele começou a tocar lá de baixo, o mais devagar e o mais baixo possível, e aos poucos começou a subir

Assim, disse o pai Sigvald

Você já é um mestre do violino, ele disse

Você está subindo como se nunca tivesse feito outra coisa, ele disse

e então o pai Sigvald tomou mais um trago da garrafa e Asle entregou-lhe o violino e o pai Sigvald entregou a garrafa para Asle e ele tomou mais um trago e os dois ficaram sentados sem dizer nada

O destino de músico é uma desventura, disse o pai Sigvald

Sempre longe, sempre longe, ele disse

É, disse Asle

É deixar para trás as pessoas queridas e também você mesmo, disse o pai Sigvald

É entregar-se sempre para os outros, ele disse

Sempre isso, ele disse

Nunca ser você mesmo por completo, ele disse

Sempre tentar fazer com que os outros sintam-se completos, ele disse

e então o pai Sigvald disse que tudo o que restava para ele era o amor pela mãe Silja e o amor por Asle, claro que ele queria viajar e tocar, mas o que mais ele podia fazer, o que ele tinha, nada, absolutamente nada, tudo o que ele tinha era a si mesmo e ao violino e também aquele maldito destino de músico, disse o pai Sigvald, e então ele se levantou e disse que já estava na hora de ir para a propriedade de Leite e fazer aquilo que estava decidido e o que havia de render umas cédulas e então ele disse que Asle devia simplesmente ficar lá pela propriedade e depois, mais tarde, já à noite, quando o baile estivesse animado, então ele devia aparecer e ele faria um aceno para Asle e a seguir uma pausa e então Asle pegaria o violino

E aí você toca uma música ou duas, disse o pai Sigvald

E aí você também vai ser músico, ele disse

Foi assim que o seu vô, que lhe deu o nome, começou a vida de músico, ele diz

E agora você também vai começar, ele diz

E foi assim que eu também comecei na minha época, ele diz

e Asle ouve a voz do pai Sigvald um pouco engasgada e ele o vê e vê que ele está quieto com os olhos marejados

e então Asle viu as lágrimas escorrerem pelo rosto do pai
Sigvald e ele contraiu o maxilar e levou o dorso da mão aos
olhos e enxugou as lágrimas
	Vamos, disse o pai Sigvald
	e então Asle viu as costas do pai Sigvald enquanto ele
se afastava e viu que os cabelos longos, presos com um pedaço de corda na altura da nuca, aqueles cabelos que já tinham sido pretos, pretos como os cabelos de Asle, já estavam muito encanecidos, e também muito finos, e o pai
Sigvald anda com passos meio pesados, afinal ele já não é
mais nenhum rapaz, mas também não é muito velho, e Asle
ouve uma voz dizer que eles não podem ficar lá e ele abre
os olhos e vê um chapéu preto de copa alta logo à frente e
vê um rosto barbado e lá está um homem com uma bengala comprida numa das mãos e na outra ele tem um lampião
e ele segura o lampião em frente ao rosto de Asle e olha
bem para o rosto de Asle
	Você não pode ficar aqui dormindo, diz o Homem
	Vocês não podem dormir aqui, o Homem repete
	e Asle vê que o Homem usa um longo casaco preto
	Vocês têm que ir, diz o Homem
	Está bem, diz Asle
	Mas a gente não sabe para onde ir, ele diz
	Vocês não têm onde ficar, diz o Homem
	Não, diz Asle
	Então eu devia levar vocês para a cadeia, diz o Homem
	A gente não fez nada de errado, diz Asle
	Ainda não, diz o Homem
	e então ele segura uma risada e baixa o lampião

Não é verão, diz o Homem

É o fim do outono e está escuro e frio, ele diz

Mas onde podemos encontrar uma casa, diz Asle

Você está perguntando para mim, diz o Homem

É, diz Asle

Tem muitas pousadas e albergues em Bjørgvin, diz o Homem

Aqui mesmo na Instegata tem umas quantas, ele diz

Pousadas e albergues, diz Asle

É, diz o Homem

E lá podemos arranjar uma casa, diz Asle

Isso mesmo, diz o Homem

Mas onde, diz Asle

Tem uma para lá, um pouco adiante, no outro lado da rua, diz o Homem

e ele olha e aponta

Está escrito Albergue na parede, ele diz

Mas vocês têm que pagar a estadia, ele diz

Vão até lá, ele diz

e então o Homem se afasta e Asle vê Alida agachada lá, dormindo com o queixo no peito, mas eles não podem ficar lá, claro que não, em meio ao frio, em meio à escuridão, em meio à chuva, é o fim do outono, mas só mais um pouco, só mais um pouco e eles podem descansar, vai fazer bem para os dois e Asle está muito cansado, ele sente-se tão cansado que poderia muito bem se deitar no chão e dormir por uma semana e então ele também se agacha e leva a mão aos cabelos de Alida e os cabelos dela estão molhados e ele afaga os cabelos dela e enfia os dedos nos cabelos dela e fecha os olhos e sente-se muito pesado e muito cansado e então ele vê o pai Sigvald sentado na sala de Leite tocando com os longos cabelos pretos e encanecidos, presos com um pedaço de corda na altura da nuca, e o pai Sigvald ergue o arco e a música para de soar e então ele se levanta e toma um trago da garrafa e um gole do caneco e então o pai Sigvald olha ao redor e fixa os olhos em Asle e faz um aceno para Asle e entrega o violino para Asle

Agora você, diz o pai Sigvald

Chegou a sua vez, ele diz

E você também precisa tomar um trago, ele diz

e então ele entrega a garrafa para Asle e ele toma um bom trago e em seguida mais um trago e então devolve a garrafa para o pai Sigvald e ele entrega o caneco para Asle

Tome um gole de cerveja também, ele diz

Um músico precisa estar preparado, diz o pai Sigvald

e Asle toma um gole de cerveja e devolve o caneco ao pai Sigvald e senta-se no banquinho e põe o violino no colo e passa o arco nas cordas e afina um pouco o violino e depois apoia o violino no ombro e começa a tocar e aquilo não soa nada mal e ele insiste em tocar e as pessoas começam a dançar e ele insiste em tocar e aumenta a intensidade e ele não vai desistir, vai simplesmente continuar tocando, para mandar embora aquela tristeza opressiva, para fazer com que a tristeza se torne leve, cada vez mais leve, para fazer com que se transforme num voo e voe sem peso nenhum, é isso o que vai acontecer ele insiste em tocar e tocar e logo descobre o ponto em que a música se ergue e de repente tudo começa a flutuar, ah, ah, sim tudo começa a flutuar e logo ele não precisa mais insistir, porque a música flutua por conta própria e toca a si mesma e todos podem ouvir, todos podem ouvir aquilo, e Asle ergue o rosto e vê que ela está lá, ela está lá, ele vê que Alida está lá com aqueles cabelos pretos e bastos e ondulantes e com os olhos pretos dela. E ela ouve a música. Ouve a música e começa a flutuar. Ela está tranquila, flutuando. E os dois flutuam juntos, naquele momento os dois flutuam juntos, ela e ele. Alida e Asle. E Asle olha o rosto do pai Sigvald e ele está sorrindo, é um sorriso repleto de alegria, e o pai Sigvald leva a garrafa à boca e toma um bom trago. E Asle deixa a música tocar. E Alida está com ele. Nos olhos dela ele pode ver que Alida está com ele. E Asle deixa que tudo flutue. E enquanto tudo flutua sem peso ele ergue o arco e deixa que tudo flutue rumo ao vazio. E Asle se levanta e entrega o violino para o pai Sigvald e ele recebe Asle com um abraço apertado. E o pai Sigvald fica lá de pé com o violino na mão, abraçado a Asle. E então o pai Sigvald ajeita a cabeça, apoia o violino no ombro e bate o tempo com o pé e começa a tocar. E Asle vai até Alida, que está lá com os longos cabelos pretos e os grandes olhos pretos e tristes dela. E Alida vai até ele, e Asle pousa a mão no ombro dela e então os dois saem outra vez e nenhum deles diz nada enquanto não chegam ao pátio e lá eles param e Asle afasta a mão

Então você é o Asle, diz Alida

E você é a Alida, diz Asle

e então os dois ficam parados sem dizer nada

A gente nunca se falou, diz Asle

Nunca, diz Alida

46

e eles ficam lá parados sem dizer nada
Mas eu já vi você antes, diz Alida
Eu também já vi você, diz Asle
e mais uma vez eles ficam lá parados sem dizer nada
Você tocou muito bem, diz Alida
Obrigado, diz Asle
Eu trabalho como criada aqui em Leite, diz Alida
E hoje eu estava servindo no casamento, mas agora que
o baile começou estou de folga, ela diz
A minha mãe também foi criada aqui em Leite, diz Asle
Vamos dar uma volta juntos, ele diz
Pode ser, diz Alida
Um pouco mais para lá tem um rochedo com vista pa-
ra o mar, ela diz
Vamos até lá, ela diz
Pode ser, diz Asle
e então eles caminham lado a lado e Alida aponta e diz
que lá está o Rochedo com vista para o mar, e do alto do
Rochedo não se vê a propriedade de Leite nem as casas por
lá, e isso é bom, ela diz
Você não tem irmãos, diz Alida
Não, diz Asle
Eu tenho uma irmã, o nome dela é Oline, diz Alida
Mas eu não gosto da irmã Oline, ela diz
E você tem pai e mãe, ela diz
Tenho, diz Asle
Eu tenho pai e mãe, mas o meu pai saiu de casa há mui-
tos anos e nunca mais voltou, diz Alida
Ninguém sabe o que aconteceu com ele, ela diz

Ah, diz Asle

Ele simplesmente não voltou nunca mais, diz Alida

e os dois sobem no Rochedo e sentam-se numa pedra grande e lisa por lá

Posso dizer uma coisa, diz Alida

Pode, diz Asle

Enquanto você tocava, ela diz

O que tem, ele diz

Enquanto você tocava eu ouvi o meu pai cantar, diz Alida

Quando eu era pequena ele sempre cantava para mim, ela diz

É a única coisa que eu lembro a respeito do meu pai Aslak, ela diz

Eu me lembro da voz dele, ela diz

E a voz dele era como a sua música, ela diz

e então ela senta-se mais perto de Asle e os dois ficam lá sentados sem dizer nada

Então você é a Alida, ele diz

Sou eu mesma, ela diz

e então ela ri um pouco e diz que ela só tinha três anos quando o pai Aslak foi embora para nunca mais voltar e que a lembrança do canto dele é a única lembrança que ela tem, e assim, ela não sabe explicar, ela diz, mas enquanto ouvia Asle tocar ela ouviu a voz do pai Aslak naquela música, ela diz, e então apoia a cabeça no ombro de Asle e começa a chorar e ela abraça Asle e aperta o corpo contra ele e Alida fica sentada e chora no ombro de Asle e ele não sabe o que dizer, não sabe o que fazer, não sabe onde pôr as mãos nem o que fazer consigo mesmo, e então ele põe os braços em volta de Alida e a segura junto de si e os dois ficam lá sentindo um ao outro e eles sentem que pertencem um ao outro e eles sentem que ouvem a mesma coisa e sentem que naquele momento flutuam juntos e que estão juntos ao flutuar e Asle sente que se importa bem mais com Alida do que consigo mesmo e que ele deseja para ela tudo de bom que existe no mundo

Amanhã você tem que ir ao Abrigo de Barcos, ele diz

Lá eu posso tocar mais para você, ele diz

Podemos nos sentar no banco que fica no lado de fora do Abrigo de Barcos e eu posso tocar para você, ele diz

e Alida diz que ela vai até lá

E depois podemos subir até aqui, até o nosso Rochedo, ela diz

e Asle e Alida se levantam e ficam lá parados olhando para baixo e então olham discretamente um para o outro e pegam as mãos um do outro e simplesmente ficam lá parados

E lá está o mar, diz Alida

É bonito ver o mar, diz Asle

e então ninguém diz mais nada e tudo está decidido e não é preciso nem necessário dizer mais nada, porque tudo já está dito e tudo já está decidido

Você toca e o meu pai canta, diz Alida

e Asle leva um susto e desperta e olha para Alida

O que foi que você disse, ele diz

e Alida desperta e olha para Asle

Eu disse alguma coisa, ela diz

Não, pode ser que não, diz Asle

Não que eu saiba, diz Alida

Você está com frio, diz Asle

Um pouco, diz Alida

Eu acho que eu não disse nada, ela diz

Eu ouvi você falar sobre o seu pai, mas pode ser que eu tenha sonhado, diz Asle

Sobre o meu pai, diz Alida

Decerto eu sonhei, ela diz

Você sonhou, diz Asle

É, diz Alida

e Asle leva a mão ao ombro dela

Era verão, ela diz

Fazia calor, ela diz

E eu ouvi você tocar, você tocou sentado no banco em frente ao Abrigo de Barcos e a música era muito bonita, e de repente o meu pai chegou cantando enquanto você tocava, ela diz

Agora temos que nos levantar e ir, diz Asle

Não podemos dormir sentados aqui, ele diz

Você também dormiu, ela diz

Devo ter cochilado um pouco, ele diz

e Asle se levanta

Temos que encontrar uma casa, ele diz

e então Alida também se levanta e os dois ficam lá de pé e Asle pega as trouxas e as apoia no ombro

Temos que seguir adiante, ele diz

Mas para onde, ela diz

Parece que tem uma coisa que chamam de albergue mais adiante na rua, no outro lado da rua, e parece que lá podemos encontrar nossa casa, diz Asle

E parece que a rua aqui se chama Instegata, ele diz

e Alida levanta as redes e fica lá, Alida, com os longos cabelos pretos e molhados caídos por cima dos seios, e os olhos pretos a brilhar na escuridão, e com a barriga enorme, ela fica lá, e olha tranquilamente para Asle e ele se abaixa e pega o estojo do violino e então os dois põem-se a caminhar vagarosamente pela rua em meio à escuridão, em meio ao frio, é o fim do outono e eles atravessam a rua

Lá, naquela porta, está escrito Albergue, diz Asle

É o que parece, diz Alida

e Asle abre a porta e olha em direção a Alida

Venha, ele diz

e Alida caminha vagarosamente e passa Asle e entra na casa e Asle entra logo atrás dela e na escuridão lá dentro ele consegue discernir o vulto de um homem sentado em frente a uma mesa onde uma vela arde

Sejam bem-vindos, diz o Homem

e ele olha para eles

Você teria um lugar para nós, diz Asle

Pode ser que eu tenha, diz o Homem

e ele olha para os dois e os olhos se fixam na barriga enorme de Alida

Obrigado, diz Asle

Pode ser que eu tenha, sim, diz o Homem

Muito obrigado, diz Asle

e o Homem continua a olhar para a barriga de Alida

Vamos ver, diz o Homem

e Alida olha para Asle

Por quanto tempo, diz o Homem

Não sabemos, diz Asle

Pode ser uns dias, diz o Homem

Certo, diz Asle

Vocês acabaram de chegar a Bjørgvin, diz o Homem

e ele olha para Alida

Sim, ela diz

De onde, diz o Homem

De Dylgja, diz Asle

Ah, de Dylgja, diz o Homem

Então vocês talvez possam alugar um quarto, ele diz

Dá para ver que vocês estão molhados e com frio, e vocês não podem ficar andando pela rua em uma noite fria como essa, está chovendo, é o fim do outono, ele diz

Muito obrigado, diz Asle

e o Homem se debruça por cima de um livro que está na frente dele em cima da mesa e Alida olha para Asle e ela segura o braço dele e ela olha para Asle com um olhar suplicante e ele não entende nada e então ela o puxa enquanto começa a sair e Asle a segue e o Homem tira os olhos do livro e diz então vocês não vão se hospedar aqui, mas vocês não entendem que precisam de um lugar para morar, ah, vocês simplesmente vão ter que voltar, ele diz, e Alida abre a porta e Asle segura a porta aberta e então os dois saem e ficam parados na rua e Alida diz que lá, naquele albergue, eles não poderiam ficar, será que ele não tinha percebido, será que não tinha notado o olhar do homem que

52

estava lá sentado, será que não tinha visto o que aqueles olhos tinham visto, será que ele não vê nada, não entende nada, será que é só ela que vê, diz Alida, e Asle não entende o que ela quer dizer

Mas você está muito cansada, e além disso está molhada e com frio, e eu preciso encontrar uma casa para nós, diz Asle

É, diz Alida

e então Asle e Alida põem-se a caminhar lentamente pela Instegata em meio à chuva e saem numa esplanada e continuam a andar, passo a passo, e quando chegam a uma esquina eles veem a Baía no fim da rua e eles descem a rua e veem o Cais e à frente deles vai uma senhora, e Asle não tinha percebido a chegada dela, mas naquele momento ele a vê caminhando à frente deles, ela se encolhe para se proteger do vento e do frio e da chuva, e segue caminhando à frente deles, e de onde será que ela tinha vindo, porque ela simplesmente tinha aparecido lá, talvez saída de uma ruela um pouco mais à frente, e assim eles não tinham percebido a chegada dela, era o que devia ter acontecido

Essa mulher à nossa frente, de onde ela veio, diz Alida

Pensei na mesma coisa, diz Asle

Ela simplesmente apareceu, ele diz

De repente ela simplesmente apareceu à nossa frente, diz Alida

Você está muito, muito cansada, diz Asle

Estou, diz Alida

e a senhora na frente deles para e pega uma grande chave e a coloca numa fechadura e abre a porta de uma ca-

53

sinha escura e entra porta adentro e Asle diz que ela parece ter entrado na primeira casa onde eles tinham batido e perguntado sobre alojamento, ele diz, e Alida diz que decerto é a mesma casa e Asle se apressa e segura a maçaneta e abre a porta

Você teria um quarto para nós, ele diz

e a Senhora vira-se devagar em direção a Asle com água a escorrer do lenço e do rosto e ela segura uma vela em direção a Asle

Essa não é você de novo, diz a Senhora

Você já me perguntou antes, ela diz

Por acaso você não se lembra do que eu disse, ela diz

Por acaso você tem memória ruim, ela diz

Quarto para vocês, ela diz

É, nós precisamos de um lugar onde passar a noite, diz Asle

Eu não tenho lugar para vocês, diz a Senhora

Quantas vezes eu preciso dizer, ela diz

e Asle fica lá parado enquanto segura a porta aberta e faz um aceno de cabeça em direção a Alida e ela se aproxima e para no vão da porta

Então vocês dois precisam de uma casa, diz a Senhora

Estou vendo por quê, ela diz

Vocês deviam ter pensado nisso antes, ela diz

Antes de inventar uma coisa dessas, ela diz

Não podemos passar a noite na rua, diz Asle

E quem poderia em meio à chuva no fim do outono, diz a Senhora

Não, não em meio a essa chuva e a esse frio, ela diz

Não no fim do outono em Bjørgvin, ela diz

E não temos nenhum lugar para onde ir, diz Alida

Vocês deviam ter pensado nisso antes, diz a Senhora

Mas na hora você não pensou, ela diz

e ela olha para Alida

Na hora você estava tomada por outro sentimento,
ela diz

Ao longo da minha vida eu vi muitas outras como você, ela diz

Elas estão sempre aqui pela casa, ela diz

E eu é que tenho que oferecer um lugar para vocês,
ela diz

Eu é que tenho que abrigar você e o seu filho bastardo, ela diz

O que vocês pensam de mim, ela diz

Que eu seria uma dessas, justo eu, ela diz

Não, podem ir embora, ela diz

e então a Senhora faz um gesto com a mão livre para
mandá-los embora

Mas, diz Asle

Nada de mas, diz a Senhora

e ela olha para Alida

Eu já tive várias meninas como você aqui pela casa, diz
a Senhora

Meninas como você, ela diz

E meninas como você merecem passar frio na rua, não
há outro jeito, ela diz

Imagine se colocar numa situação dessas, ela diz

Imagine fazer as coisas assim, sem pensar, ela diz

e Asle pousa a mão no ombro de Alida e a leva para dentro do corredor e fecha a porta ao entrar

Era só o que faltava, diz a Senhora

Eu é que não vou me submeter a uma coisa dessas, pelo amor de Deus, ela diz

e Asle larga as trouxas e o estojo do violino no corredor e se aproxima da Senhora e põe a mão no castiçal e solta os dedos da Senhora e fica lá com o castiçal estendido em direção a Alida

Isso vai custar muito caro para você, diz a Senhora

Me deixe passar, ela diz

E Asle põe-se no meio do caminho

Entre, ele diz

e Asle abre uma das portas do corredor e ilumina o cômodo

Vá para a cozinha, ele diz

e Alida fica parada

Ande, vá para a cozinha, diz Asle

e Alida entra pela porta aberta e vê que há uma vela apagada em cima da mesa perto da janela e ela vai até a mesa, larga as redes em cima da mesa e então acende a vela e senta-se num mochinho em frente à mesa e olha para a porta aberta e vê Asle de pé no corredor tapando a boca da Senhora e então Asle fecha a porta e Alida estende as pernas embaixo da mesa e respira fundo diversas vezes e põe as mãos ao redor da chama da vela e assim se aquece, se aquece com um calor tão bom que de repente uma felicidade se espalha por braços e pernas e os olhos dela ficam marejados e ela fica lá sentada olhando para a chama e sente-se

56

muito, muito cansada e ela está com muito, muito frio e
então Alida se levanta devagar e leva a vela consigo e vai
até a estufa e ela vê uma caixa de lenha ao pé da estufa e
põe uma acha na estufa e reaviva o fogo e ela fica lá parada ao lado da estufa, tão cansada que nem ao menos sabe
onde está e além disso faminta, mas comida eles têm, bastante comida, então logo ela vai comer alguma coisa e aos
poucos a estufa começa a irradiar calor e mais uma vez ela
começa a respirar fundo e vê que há um banco encostado
na parede e ela vai até o banco e tira o vestido pela cabeça
e se enrola no cobertor que cobre o banco e então se deita
e fecha os olhos e ouve a chuva lá fora e então ela apaga a
vela e ouve rangidos, vindos como que de uma roda, e ouve os barulhos que a roda faz ao se bater contra as pedras
da rua e ela vê que a neblina se desfaz e o sol aparece e de
repente o mar reluz em silêncio à frente dela e ela vê Asle
caminhando pela rua enquanto puxa um carrinho e no carrinho há dois barris, e Alida leva a mão aos bastos cabelos
pretos do menino ao lado dela e afaga os cabelos dele e então diz meu pequeno Sigvald e canta uma canção para o
pequeno Sigvald, uma das canções que o pai Aslak cantava para ela e que naquele momento ela canta para o pequeno Sigvald, o menino Sigvald, e ele olha para ela com
aqueles grandes olhos pretos e lá onde o fiorde se abre para o mar ela vê um barco a deslizar pelo mar reluzente, pois
não há vento que sopre, e então ela vê uma estrela brilhan-
te que aos poucos desaparece na escuridão, mais longe, cada vez mais longe, e então ouve uma voz e abre os olhos e
Asle está lá

Você está dormindo, ele diz

É, eu devo ter adormecido, diz Alida

e ela vê que Asle está ao lado do banco com uma vela na mão e no brilho da chama ela só vê os olhos pretos dele e nesses olhos ela vê a voz do pai Aslak quando cantava para ela na época em que ainda era pequena, antes que ele desaparecesse para nunca mais voltar

Vamos comer um pouco, diz Asle

Eu estou com fome, ele diz

Eu também estou com fome, diz Alida

e ela senta-se na lateral do banco e de repente tudo está quente na cozinha, quente e aconchegante, e o cobertor se abre e lá está ela, sentada, com os seios a pender acima da barriga enorme e então ela vê Asle despir-se e ele senta-se ao lado dela e a abraça e então os dois se deitam e ficam deitados com o corpo aninhado um no outro e o cobertor estendido por cima de ambos

Primeiro eu quero descansar um pouco, diz Asle

Faz tempo que você não dorme, diz Alida

É, ele diz

Você deve estar muito cansado

E estou, diz Asle

E com fome, você também deve estar com fome, diz Alida

Eu estou com muita fome, ele diz

Primeiro eu quero descansar, depois comer, ele diz

e Asle e Alida ficam deitados bem perto um do outro abraçados um ao outro e então Asle vê o barco navegar em frente, e ao longe é possível enxergar Bjørgvin, as casas na cidade de Bjørgvin, logo eles vão chegar lá, finalmente vão chegar, e ele vê Alida sentada na proa e o barco segue em frente e de repente tudo está bem e eles conseguiram, finalmente conseguiram chegar a Bjørgvin e a partir daquele momento a vida deles vai começar e ele vê Alida se levantar e ela fica de pé na proa, enorme, e Asle sente que para ele não é ele mesmo o mais importante, o mais importante é aquele flutuar, foi o que ele aprendeu tocando violino, o destino de um músico é saber dessas coisas, e para ele esse grande flutuar chama-se Alida

II.

Asle e Alida estão deitados num banco, numa cozinha, numa casinha lá na Instegata, em Bjørgvin, e eles dormem que dormem, eles dormem que dormem e Asle acorda e abre os olhos e olha ao redor e de repente ele não sabe onde está e ao lado dele está Alida, dormindo de boca aberta, e então ele se lembra e está frio e escuro na cozinha e ele se põe de pé e acende a vela e assim se lembra cada vez mais e põe lenha e acende a estufa e volta para a cama por debaixo do cobertor de Alida e assim ele se deita junto a Alida e ouve a estufa crepitar e queimar e ouve a chuva cair na rua e no teto e ele está com fome, mas eles trouxeram comida excelente da despensa da mãe Herdis na Encosta e quando a cozinha estiver só um pouco mais quente ele vai se levantar e pegar a comida, e depois, mais tarde, ele vai ao Mercado e ao Cais procurar trabalho e deve ser possível encontrar uma coisa ou outra para fazer, e ganhar o próprio sustento, e Asle olha para Alida e ela está lá deitada e parece acordada

Você está acordada, ele diz

Você está aí, ela diz

É eu estou aqui, diz Asle

Que bom, diz Alida

e os dois continuam deitados com o olhar fixo à frente

E você acendeu a estufa, diz Alida

Acendi, diz Asle

e então os dois ficam lá deitados em silêncio e Asle pergunta se ela quer que ele se levante e pegue um pouco de comida e Alida diz que pode ser e Asle busca a comida e eles sentam-se na cama e ficam lá sentados e comem e depois se levantam, e as roupas deles agora estão secas, e eles se vestem e desfazem as trouxas com tudo o que eles têm, levado em duas trouxas desde o Abrigo de Barcos em Dylgja

Você já deu uma volta pela casa, diz Alida

Não, diz Asle

e então Alida abre a porta mais próxima e quando Asle entra com a vela os dois veem uma pequena sala com quadros bonitos na parede, e mesa e cadeiras, e tem uma porta lá, e Alida abre a porta e Asle entra com a vela e eles veem que dentro da sala tem uma pequena alcova com uma cama bem-arrumada e uma colcha em cima

É uma casinha aconchegante, diz Alida

É, diz Asle

Uma casinha bem aconchegante, diz Alida

e ela encolhe o corpo e diz que de repente está com muita, muita dor, como se houvesse levado um golpe, que

61

de repente está com muita dor na barriga, ela diz, uma dor terrível na barriga, ela diz, então talvez, talvez ela vá parir, ela diz, e ela olha assustada para Asle e ele a toma pelos ombros e a ajuda a se deitar na cama da alcova e estende a colcha por cima dela e Alida se encolhe e grita e se retorce e diz que com certeza ela vai parir então Asle precisa encontrar alguém que possa ajudar

Ajudar, ele diz

Eu vou parir, ela diz

Você precisa arranjar uma parteira, ela diz

Tudo bem, ele diz

e ele vê que naquele momento Alida está lá tranquila, como de costume

Eu vou parir e você precisa encontrar alguém que possa ajudar, ela diz

Quem, ele diz

Não sei, diz Alida

Mas você precisa encontrar alguém, ela diz

Deve ter alguém que possa me ajudar aqui na grande cidade de Bjørgvin, ela diz

Deve mesmo, diz Asle

Uma parteira, ele diz

e então Alida grita e se contorce e se retorce na cama e quem, quem ele poderia chamar, afinal ele não conhece ninguém em Bjørgvin, ninguém em toda a grande cidade de Bjørgvin e mais uma vez Alida está lá tranquila, como de costume

Você precisa chamar alguém, diz Alida

e mais uma vez ela grita e ergue a barriga por debaixo da colcha

Claro, agora mesmo, diz Asle

e ele sai à cozinha e ao corredor e sai à rua e a Instegata está envolta no cinza e na penumbra e está chovendo e não se vê vivalma, claro, ontem havia muita gente na rua, mas naquele instante não se vê vivalma, mas assim mesmo ele precisa encontrar alguém que possa ajudar Alida e ele desce a rua e pode muito bem ir até o fim da rua e depois até o Mercado, porque lá deve ter alguém, e ele chega ao fim da rua e olha para o Mercado e então lá, na frente dele, ele vê o homem que tinha visto no dia anterior, com a bengala, e com o chapéu de copa alta, e com o rosto barbado, o homem com o longo casaco preto, poucos metros à frente ele vê o homem caminhando em direção a ele, e ele precisa pedir ajuda e se aproxima do homem e olha para ele

Ei, diz Asle

Pois não, diz o Homem

Será que você pode, diz Asle

Pois não, diz o Homem

Será que você pode me ajudar, diz Asle

Talvez eu possa ajudar você, diz o Homem

A minha esposa está parindo, diz Asle

Eu não sou parteira, diz o Homem

Mas você não sabe onde eu posso encontrar ajuda, diz Asle

e o Homem fica lá parado sem dizer nada

Tem uma velha parteira que mora aqui na rua, ele diz

Ela com certeza entende desses assuntos, ele diz

Vamos perguntar para ela, ele diz

e então com passos curtos e lentos o Homem começa a subir a Instegata, passo a passo, ele anda devagar e com dignidade enquanto a cada dois passos move a bengala para a frente e Asle segue logo atrás ele vê que o Homem toma a direção da casinha onde Alida está deitada na alcova gritando e se contorcendo e então o Homem para defronte a casa onde Asle e Alida encontraram abrigo contra o vento e a chuva e a escuridão no avançado do outono e o Homem bate na porta e fica lá parado à espera e então ele se vira para Asle e diz que a Velha Parteira não deve estar em casa e então o Homem bate mais uma vez e fica parado à espera

Não, diz o Homem

A Velha Parteira não deve estar em casa, ele diz

Não teria outra pessoa, ele diz

Tem a Parteira de Skutevika, ele diz

Muito bem, ele diz

Vá até o Mercado, siga até o Cais e continue em frente até chegar a Skutevika, e chegando lá torne a perguntar, diz o Homem

e Asle faz um gesto afirmativo com a cabeça e dá meia-volta e caminha pela rua e vai até o Mercado e ele atravessa o Mercado e segue até o Cais e continua e está chovendo e está frio e Asle caminha e chega a Skutevika e pergunta onde fica a casa da Parteira e ele bate na porta dela e ela abre e ela diz que pode ir com ele e ela o acompanha e os dois vão até a casinha na Instegata

Então a sua mulher está na casa da Velha Parteira, diz a Parteira de Skutevika

Mas se a Velha Parteira não pôde ajudar, então eu também não posso, ela diz

e Asle abre a porta e acende a vela e abre a porta da sala e a Parteira de Skutevika entra na sala

Ela está na alcova, diz a Parteira

e Asle faz um gesto afirmativo com a cabeça e concorda e tudo está em silêncio, não se ouve som nenhum na alcova

Fique aqui, diz a Parteira de Skutevika

e ela pega a vela e avança e abre a porta da alcova e ela entra e fecha a porta e tudo está em silêncio, um silêncio como faz apenas no mar, e o tempo passa e o tempo para e da alcova não se ouve nada e de repente Asle ouve batidas na porta e ele sai ao corredor e abre e vê que lá está o homem com o chapéu de copa alta e rosto barbado, com a bengala comprida e o longo casaco preto

Você está aqui, diz o Homem

Estou, diz Asle

A minha mulher está parindo, ele diz

Mas a Velha Parteira não estava em casa, diz o Homem

e Asle não sabe o que dizer

Não é ela, é a Parteira de Skutevika que está aqui, ele diz

Não estou entendendo, diz o Homem

e então se ouve um grito muito alto, como se a terra houvesse se aberto, e a seguir mais gritos e o Homem balança a cabeça e põe-se a caminhar lentamente pela Instegata e Asle sai e desce a Instegata e ele vai até o Mercado e segue em direção ao Cais e caminha e caminha e volta ao Mercado e então Asle se apressa mais uma vez em direção à Instegata e entra na casinha e ao lado da mesa da cozinha está sentada a Parteira de Skutevika

Agora você é pai, ela diz

É um belo menino, ela diz

e então a Parteira de Skutevika se levanta e entra na sala e abre a porta da alcova e se posta na frente de Asle

Mas você por acaso sabe onde está a Velha Parteira, diz a Parteira de Skutevika

Não, diz Asle

Bem, mas agora entre na alcova, ela diz

e Asle entra na alcova e lá na cama está Alida e nos braços dela há uma trouxinha de cabelos pretos

Veja, o nosso pequeno Sigvald nasceu, diz Asle

e ele vê que Alida acena a cabeça

O nosso pequeno Sigvald veio ao mundo, ele diz

e Asle vê que os olhos do pequeno Sigvald brilham com um brilho preto e reluzente

Ah, o pequeno Sigvald, diz Alida

e Asle fica lá e o tempo passa e não passa e então ele ouve a Parteira dizer que está na hora de ela voltar a Skutevika, já não há mais necessidade dela e Asle fica lá parado olhando para Alida e ela está deitada olhando para o pequeno Sigvald e então Asle se aproxima e toma o pequeno Sigvald nas mãos e o ergue no ar

Quem diria, diz Asle

Agora restamos só nós, diz Alida

Eu e você, diz Asle

E o pequeno Sigvald, diz Alida

66

OS SONHOS DE OLAV

Ele faz a curva, e ao chegar à curva enxerga o fiorde, pensa Olav, porque agora ele é Olav, não Asle, e agora Alida não é Alida, mas Åsta, agora eles são Åsta e Olav Vik, pensa Olav, e ele pensa que hoje precisa ir a Bjørgvin para resolver uns assuntos por lá e agora ele chega à curva e vê o fiorde reluzir, só agora ele percebe, porque hoje o fiorde estava reluzindo, às vezes acontecia de o fiorde reluzir, e então, quando reluzia, as montanhas se espelhavam no fiorde e para além do espelhamento o fiorde era de um azul impressionante, e esse reluzir azul do fiorde misturava-se de forma imperceptível ao branco e ao azul do céu, pensou Olav, e ele vê um homem mais à frente na estrada, bem longe, claro, mas quem é aquele, ele tentava reconhecer o homem, já devia tê-lo visto antes, talvez, porque tinha uma coisa naquele jeito de andar meio encolhido, mas certeza de que já o vira antes ele não tinha, e por que um homem estaria andando à frente dele por lá, ao longo da estrada em Barmen, porque nunca havia ninguém por lá, e assim ele surgiu de repente, o homem, e naquele momento caminhava à frente dele na estrada e o homem não era grande, pelo contrário, era pequeno, e o homem vestia roupas pretas, e caminhava com passos vagarosos, meio recurvado, devagar, como que passo a passo, ele caminhava encolhido, como se caminhasse e pensasse, talvez, era assim que ele caminhava, e na cabeça tinha uma touca cinza, e por que ele caminhava devagar, ele devia estar caminhando bem devagar porque, a despeito do quão vagaroso fosse o próprio caminhar, Olav chega cada vez mais perto, mas ele não quer caminhar devagar, ele quer caminhar o mais depressa possível, quer ir a Bjørgvin e lá fazer o que tem de ser feito para voltar para casa o mais depressa possível, para Åsta e para o pequeno Sigvald, mas será que ele pode ultrapassar o homem como se não fosse nada, será, porque talvez seja necessário, pensa Olav, e mesmo que caminhe o mais devagar possível ele chega cada vez mais perto do homem, e por que o homem estaria lá, nunca aparecia ninguém por lá, pelo menos durante os anos que eles haviam morado em Barmen ninguém tinha aparecido por lá, então por que o homem estaria andando à frente dele na estrada, como um obstáculo, quase, porque se ele caminhasse em ritmo constante na velocidade habitual ele teria alcançado o homem muito tempo atrás, e levaria ainda menos tempo se ele andasse como gostaria, o mais depressa possível, assim ele logo ultrapassaria o homem e o deixaria para trás, mas isso, ultrapassar o homem, não, ele não queria fazer isso,

porque nesse caso o homem olharia para ele e talvez o homem também falasse com ele e talvez ele o reconhecesse,
porque talvez ele conhecesse o homem, ou talvez já o tivesse encontrado antes, podia muito bem ser, ou o homem
talvez o conhecesse, mesmo que ele não conhecesse o homem, então podia muito bem acontecer de o homem co-
nhecê-lo, claro, e talvez fosse justamente esse o motivo para que o homem tivesse ido até lá, talvez o homem tivesse
ido até lá para encontrá-lo, talvez fosse justamente à procura dele que o homem andava por lá, que havia chegado
de uma cidade onde o havia procurado a uma outra cidade onde também havia de procurá-lo, e de repente, pensa
Olav, é como se fosse assim, como se o homem estivesse atrás
dele, e por quê, por que o homem estaria à procura dele, o
que poderia ser, e por que o homem andava tão devagar,
pensou Olav, e ele começa a andar com passos ainda mais
vagarosos e olha para o fiorde e vê que o fiorde reluz em
azul, e por quê, no dia em que o fiorde enfim reluz, um homem caminha à frente dele, um homem preto, um homen-
zinho, um homem encolhido, um homem de touca cinza,
e o que é que aquele homem quer, decerto não pode ser
nada de bom, mas não pode ser assim, porque claro que
o homem não quer nada, por que o homem teria ido até lá
à procura dele, pensa Olav, e tomara que o homem não
olhe para trás, porque ele não quer ser notado pelo homem,
mas o homem caminha com passos muito vagarosos e assim ele também precisa caminhar com passos vagarosos,
e então o homem para, e então Olav também para, mas ele
não pode ficar lá parado daquele jeito, ele está a caminho

de Bjørgvin, ele quer caminhar o mais depressa possível e fazer uma linha reta até Bjørgvin e resolver os assuntos dele por lá e voltar para casa, então ele não pode ficar lá parado daquele jeito olhando para um homem à frente dele na estrada, em vez de ficar lá daquele jeito ele devia começar a correr, talvez ele devesse correr e passar correndo pelo homem, e se o homem o chamasse ele não responderia, simplesmente correria o máximo possível, deixando o homem para trás, para trás, porque ele não suportava mais ficar lá daquele jeito, nem andar daquele jeito, devagar daquele jeito, era uma coisa que ele nunca fazia, ele caminhava sempre num ritmo constante, e isso quando não corria, porque também acontecia de ele correr, mesmo que não fosse muito frequente, não, não havia como, pensou Olav, e então ele se põe a caminhar como sempre faz, num ritmo constante, e chega cada vez mais perto do homem e quando chega ao lado do homem, quando está junto dele e na mesma altura dele, o homem olha para ele e ele vê que é um velho, e o Velho para

Ora, é aquele sujeito, diz o Velho

e ele respira fundo

Sim é aquele sujeito, ele diz

e Olav segue adiante, porque o velho parecia conhecido, mas onde ele o tinha visto antes, teria sido em Dylgja, em Bjørgvin, aqui em Barmen ele decerto não o tinha visto, disso ele tinha certeza, porque nunca havia vivalma por lá, ele nunca tinha visto ninguém até hoje

Aquele sujeito, sim, diz o Velho

e Olav segue adiante e não se vira, porque tem a impressão de que o Velho o reconhece

Você não se lembra de mim, diz o Velho

Ei, Asle, ele diz

Eu quero falar com você, ele diz

Eu quero perguntar uma coisa a você, ele diz

Eu quase poderia dizer que é por sua causa que estou aqui, ele diz

Você me conhece, não, ele diz

Asle, espere, ele diz

Pare, Asle, ele diz

Você não se lembra de mim, ele diz

Não se lembra da última vez que nos encontramos, ele diz

Você se lembra de mim, ele diz

Ah, se lembra, ele diz

Pare e converse um pouco comigo, foi para encontrar você que eu vim, ele diz

Resolvi dar uma volta à procura de você, de vocês, para dizer a verdade, ele diz

Ouvi dizer que vocês moravam por aqui, mas por acaso encontrei a casa onde vocês moram, ele diz

Asle, Asle, pare um pouco, ele diz

e Olav faz um esforço enorme para lembrar quem poderia ser o Velho, e por que ele diz Asle, e por que veio para falar com Asle, e Olav segue caminhando o mais depressa que pode e pensa que deve se afastar do Velho, pois o que ele pode querer, mas correr, não, ele não quer correr, ele vai simplesmente caminhar, e caminha o mais depressa

que pode, afinal o Velho caminha muito devagar, muito lentamente, passo a passo, e ele disse que tinha ido até lá porque queria procurá-lo, procurá-los, pensa Olav, e se disse
uma coisa daquelas, então deve ser verdade, ou talvez aquilo tenha sido apenas uma coisa que o Velho disse para as-
sustá-lo, uma coisa que ele disse para chamar a atenção, e
como o Velho podia saber o nome dele, ele pensa, mas o
Velho é pequeno demais, e anda encolhido demais, então
ele sempre poderia se haver com o Velho se necessário, pensa Olav
    Esse sujeito deve estar mesmo terrivelmente apressa-
do, diz o Velho
    Espere, ele diz
    e ele quase grita por Olav, e a voz dele é fina, o som da
voz dele é esganiçado, e Olav segue adiante e pensa que não
deve responder, não, ele não deve responder, ele pensa
    Obrigado pela parte que me toca, diz o Velho
    e ele não vai se virar, pensa Olav, porque agora ele já
está um pouco à frente do Velho e agora, agora ele caminha
como tem por hábito fazer, num ritmo constante, ele segue
caminhando num ritmo constante, ele segue em frente, ele
pensa, e então vira o rosto, bem pouco, bem de leve
    Você parece estar mesmo terrivelmente apressado, diz
o Velho
    Espere, espere, ele diz
    Você não se lembra de mim, ele diz
    Por acaso você não se lembra, ele diz
    Ah, não, pode ser que não, ele diz
    Mas você deve se lembrar de mim, ele diz

74

Pare, ele diz

Pare, Asle, ele diz

e o homem fala com a voz erguida, com aquela terrível voz esganiçada e rachada ele quase grita e Olav para e
se vira em direção ao Velho

Não se meta, diz Olav

Nada disso, diz o Velho

Mas você não me reconhece, ele diz

Não, diz Olav

Era só o que me faltava, diz o Velho

e no mesmo instante Olav sentiu uma coisa afundar
dentro dele e ele se desvencilhou e deu as costas para o Velho e então, pensou Olav, então as coisas estavam mais uma
vez erradas, ele pensa, é sempre assim, e por que ele tinha
dito uma coisa daquelas, que o Velho não se metesse, por
que ele sempre acabava dizendo coisas como aquela, qual
é o problema dele, por que ele não consegue simplesmente dizer as coisas como elas são, como elas realmente são,
por que ele é daquele jeito, pensa Olav, e no mesmo instante ele sente-se muito diferente, passa a ver de um jeito
diferente, talvez, ou então passa a ouvir de um jeito diferente, talvez, ou o que quer que seja, e o Velho, afinal quem
seria aquele, pensa Olav, e ele se vira e onde foi parar o Velho, porque ele tinha estado lá, tinha falado com ele, e ele
o tinha visto lá momentos atrás, não é mesmo, sim, claro,
mas o que tinha sido feito dele, o Velho não podia ter sumido em pleno ar, pensa Olav, e ele segue adiante, segue
caminhando, porque agora ele vai a Bjørgvin para lá resolver seus assuntos e depois voltar para casa, para Åsta e para

o pequeno Sigvald, e então, quando ele chegar em casa, eles vão pôr as alianças no dedo e, mesmo que não sejam casados, ao menos vai parecer que são, porque ele ainda tem as cédulas que conseguiu pelo violino e pretende trocá--las pelas alianças, as cédulas são feitas para isso, e agora, agora, nesse dia bonito, nesse dia em que o fiorde reluz em azul, ele vai a Bjørgvin trocá-las pelas alianças, e depois ele vai voltar para casa, para Åsta e para o pequeno Sigvald, e então nunca mais vai separar-se deles, pensa Olav, ao chegar em casa ele vai pôr a aliança no dedo de Åsta, e então nunca mais vai separar-se dela, pensa Olav, sem pensar em mais nada, só em Åsta, só na aliança que vai colocar no dedo dela, ele segue caminhando, e Åsta e a aliança são tudo aquilo em que ele pensa enquanto caminha e então ele chega a Bjørgvin e desce uma rua, uma rua onde nunca esteve, e lá, bem lá, na frente dele, ele vê que a rua acaba numa porta, poucos metros adiante há uma porta e ele vai até a porta, marrom e pesada, lá está ela, e ele abre a porta e entra por um corredor escuro onde os troncos marrons e pesados estão dispostos uns por cima dos outros e ele ouve vozes, e no fundo do corredor vê uma luz, e ele ouve vozes, muitas vozes que falam umas por cima das outras e aquilo se transforma numa verdadeira algaravia de vozes e ele avança pelo corredor e chega até a luz e vê rostos iluminados por velas acesas, meio encobertos por fumaça, e ele vê olhos e dentes e chapéus e toucas e todos estão sentados em volta das mesas, os chapéus e as toucas, lado a lado, e de repente se ouvem risadas entre as paredes e ao longo de um balcão há mais vultos e um deles se vira e olha bem para ele e Olav se esgueira por entre duas mesas e mais vultos surgem à frente dele e ele fica lá parado e não consegue ir a lugar nenhum e atrás dele surgem mais vultos, e assim resta apenas ficar lá parado, para chegar ao balcão e pegar um caneco ele vai precisar de paciência, ele pensa, mas tudo vai dar certo, ele pensa, aquele não era um mau lugar para se estar, era um lugar com luzes e risadas, pensa Olav, e ele fica lá parado e ninguém percebe que está lá, todos estão ocupados com seus próprios assuntos, falando uma coisa ou outra, e há também a algaravia de vozes, as vozes não se distinguem umas das outras, e tampouco os rostos uns dos outros, todas as vozes são como uma única algaravia, e todos os rostos são como um único rosto e então um dos vultos se vira e ele tem uma touca cinza na cabeça e um caneco na mão e aquele é o homem que caminhava à frente dele mais cedo em Barmen, e agora ele está lá mais uma vez, o Velho, e ele vai na direção de Olav e olha bem para o rosto dele

É você, diz o Velho

Eu cheguei antes de você, ele diz

Eu conheço o caminho melhor do que você, ele diz

Eu peguei um caminho mais curto, ele diz

Ah, ele diz

Você bem que andou depressa, ele diz

Mas eu cheguei antes, ele diz

E eu, eu sabia onde encontrar você, como você pode muito bem ver, ele diz

Eu sabia que você viria aqui para a Taverna, sabe, ele diz

Você não me engana, ele diz

Você não engana um velho assim tão fácil, ele diz

Eu conheço os sujeitos como você, ele diz

e o Velho leva o caneco à boca e bebe e limpa a boca

Muito bem, ele diz

e Olav vê que surge um espaço à frente e ele caminha em frente e sente um cutucão nas costas

Você precisa arranjar um caneco, diz o Velho

e Olav pensa que não vai responder, não vai falar uma palavra sequer

É o que você precisa agora, diz o Velho

Pode mesmo ser necessário, ele diz

e à frente de Olav outro homem se vira e aperta o caneco junto ao peito e se afasta para abrir espaço a Olav e o homem para e lá está ele com o caneco na mão e ele leva o caneco à boca assim que Olav passa e chega um pouco mais perto do balcão

Depois nos falamos, diz o Velho

e ele fala nas costas de Olav

Eu posso esperar, ele diz

Pegue um caneco e depois nos falamos, ele diz

Eu vou ficar aqui pela Taverna, ele diz

e Olav olha reto para a frente e agora tem apenas mais um entre ele e o balcão, mas há outras pessoas sentadas ombro a ombro em bancos ao redor do balcão e o homem defronte a Olav tenta passar entre outros dois que estão lá sentados e um deles põe a mão no ombro do homem que tenta chegar ao balcão e o empurra para trás e o homem que tenta chegar ao balcão põe a mão no ombro do homem sentado e assim os dois ficam lá, segurando o ombro um do outro, e eles dizem qualquer coisa um para o outro mas Olav não consegue ouvir o que eles dizem e então os dois se largam e o homem sentado se afasta um pouco para o lado e o homem que tenta chegar ao balcão consegue passar e agora Olav é o próximo, ele pensa, logo ele também vai pegar um caneco e então o homem no balcão se vira e quase bate o caneco no peito de Olav quando ele se vira e ele afasta o caneco de lado para Olav e então segue o movimento do próprio braço e Olav chega ao balcão e fica lá parado olhando para um dos homens que servem e Olav gesticula para ele e o homem que serve ergue um caneco em direção a Olav e então larga o caneco em frente a Olav e ele pega uma cédula e a entrega para o homem que serve e Olav recebe moedas de volta e ergue o caneco e se vira de caneco na mão e agora tem outros três ou quatro na fila atrás dele e ele sai um pouco para o lado e fica lá parado e leva o caneco à boca

Saúde, ele diz

e Olav ergue os olhos e vê o Velho tocar o caneco no caneco dele

Você não parece ter muita força de vontade, diz o Velho

Mas agora você arranjou um caneco, então isso logo vai se endireitar, ele diz

Eu posso esperar, ele diz

Quem é você, diz um outro

e Olav olha para o lado e vê um rosto comprido sob cabelos praticamente brancos, embora o homem não seja mais velho do que o próprio Olav

Eu, diz Olav

79

É, diz o outro

Quem sou eu, diz Olav

Você acaba de chegar, diz o outro

e Olav olha para ele

É, eu estou de passagem por Bjørgvin, diz Olav

Eu também, diz o outro

Você já esteve aqui antes, diz Olav

Não, não, é a primeira vez, diz o outro

Eu sou de Nordlandet, ele diz

Cheguei aqui ontem, e Bjørgvin, ah, não pode haver cidade maior e mais bonita, ele diz

Você veio de barco, diz Olav

Vim no Elisa, carregado, ele diz

Carregado com o mais delicioso peixe seco, ele diz

E é um peixe também muito bem pago, ah se é, ele diz

Não tenho nada a reclamar desse comerciante, ele diz

E agora vocês vão passar uns dias em Bjørgvin, diz Olav

E depois eu volto para casa, diz o outro

e ele põe a mão no bolso e tira um bracelete de ouro o mais dourado que existe com pérolas azuis as mais azuis que existem, talvez a coisa mais linda que Olav já tivesse visto

Isso é o que eu vou levar para ela, ele diz

e ele ergue o bracelete à frente de Olav

Ela está em casa, a minha noiva, ele diz

Que bonito, diz Olav

e ele pensa que também precisa comprar um daqueles para Åsta, ele pensa

A Nilma, diz o outro

pois imagine como um bracelete daqueles ficaria bonito no braço de Åsta, pensa Olav

Eu e ela estamos noivos, a Nilma e eu, ele diz

E agora, bem, tudo o que ganhei trabalhando eu usei
para comprar esse bracelete para ela, ele diz

e Olav vê com toda a clareza, como se realmente visse,
vê diante de si o braço de Åsta com o bracelete, um daqueles ele também precisava arranjar, ele foi a Bjørgvin para
comprar alianças, para que assim os dois pudessem dar a impressão de ser casados, mas ah, o que são alianças compara-
das a um bracelete como aquele, ah, ah, ele precisa voltar
para casa levando um bracelete daqueles para Åsta, claro,
pensa Olav, e o outro torna a guardar o bracelete no bolso
e estende a mão

Åsgaut, ele diz

O meu nome é Åsgaut, ele diz

E eu, eu sou o Olav, diz Olav

Você também não é de Bjørgvin, dá para ouvir pelo so-
taque, diz Åsgaut

Não, não, diz Olav

Eu venho de um lugar mais ao norte daqui, ele diz

De onde, diz Åsgaut

De um lugar chamado Vik, diz Olav

Então você é de Vik, diz Åsgaut

Sou, diz Olav

Onde é que eu posso comprar um desses, ele diz

Um bracelete, diz Åsgaut

É, diz Olav

Eu comprei o meu numa loja que vendia de tudo, eram inacreditáveis as coisas que eles tinham por lá, eu nunca imaginei que pudesse existir tanta beleza no mundo, diz Åsgaut

Você também quer comprar um bracelete, ele diz

Quero, quero sim, diz Olav

Mas é caro, diz Åsgaut

E muito bonito, diz Olav

Bonito, sim, diz Åsgaut

e Olav pensa que agora ele vai terminar de beber e depois ir até a loja no Cais, porque Åsta precisa de um bracelete como aquele, com certeza, ele pensa

Ainda tinha mais braceletes por lá, ele diz

Mais um, acho eu, diz Åsgaut

e Olav leva o caneco à boca e bebe e ele baixa o caneco e então olha bem à frente e vê o rosto do Velho, os olhinhos apertados, a boca pequena

Então você é de Vik, diz o Velho

Eu vou dizer para você de onde você é, ele diz

Eu sou de Vik sim, diz Olav

Asle, como você não quer dizer de onde é, então eu mesmo posso dizer, diz o Velho

Eu não sou Asle, diz Olav

Você não está vendo, diz o Velho

Não, diz Olav

Eu sei, eu sei o nome dele e de onde ele é, porque ele me disse, diz Åsgaut

Eu sei que o nome dele é Olav, ele diz

E que ele é de Vik, ele diz

Então é isso, diz o Velho

É, ele sabe disso tudo, eu disse para ele, diz Olav

Diga de onde você é, diz o Velho

e Olav não responde

Você é de Dylgja, diz o Velho

Eu sou de Måsøy, diz Åsgaut

De Måsøy em Nordlandet, ele diz

E alguém tem que ser de Måsøy, e de Nordlandet também, nem todo mundo pode ser aqui de Bjørgvin, porque se fosse assim ninguém traria peixe para cá, o mais delicioso peixe seco, ele diz

Ah, mas ele é de Dylgja, diz o Velho

O nome dele é Asle e ele vem de Dylgja, ele diz

e eles simplesmente ficam lá parados sem dizer nada

Saúde então, diz Åsgaut

e ele ergue o caneco

e o Velho ergue o caneco em frente ao peito e aperta os olhos enquanto encara Olav

Saúde, diz Olav

e ele leva o caneco em direção ao caneco de Åsgaut e eles fazem um brinde

Você não quer brindar comigo, diz o Velho

Não, tudo bem, faça como você quiser, ele diz

e todos os três levam o caneco à boca e bebem

Dylgja, então, diz o Velho

Mataram um homem por lá, não é mesmo, ele diz assim

Não diga, diz Olav

Eu não sabia, ele diz

Quem, ele diz

Parece que foi um pescador que morava num abrigo para barcos, diz o Velho

E depois, ele diz

E depois uma mulher também foi encontrada morta, e a filha dela desapareceu, ele diz

e ele olha para Olav

Um sujeito de nome Asle morava no abrigo de barcos antes que o homem morto fosse para lá, diz o Velho

Era você que morava lá antes que o pescador fosse para lá, ele diz

e Olav vê que o Velho esvazia o caneco com gosto

E, por estranho que pareça, mais ou menos ao mesmo tempo uma velha senhora desapareceu aqui em Bjørgvin para nunca mais ser encontrada, uma parteira, diz o Velho

Eu a conhecia bem, ele diz

e ele limpa a boca e se vira para o balcão e Olav fica lá parado olhando para dentro do caneco e ele ouve Åsgaut perguntar se faz muito tempo desde a última vez que esteve em casa

Faz, muitos anos, diz Olav

É, às vezes é assim mesmo, diz Åsgaut

Depois que você se afasta podem se passar anos e mais anos até que você volte para casa, ele diz

E se não fosse pela Nilma, ah, talvez eu houvesse ficado em Bjørgvin também, numa cidade grande e elegante, ele diz

e então Åsgaut outra vez pega o bracelete de ouro o mais dourado que existe com pérolas azuis as mais azuis

84

que existem e fica lá parado e o segura entre ele e Olav e
ambos olham para o bracelete
Você também devia comprar um assim, diz Åsgaut
E vou mesmo, diz Olav
É o que você deve fazer, se tiver cédulas, diz Åsgaut
É, diz Olav
e ele vê que o nível do caneco baixou muito e leva-o à
boca e termina de esvaziá-lo e então vê o Velho lá parado
na frente dele com um caneco cheio na mão
Você não quer voltar para casa, diz o Velho
Voltar para casa, diz Olav
É, para Dylgja, diz o Velho
Eu não sou de Dylgja, diz Olav
Você não tem parentes lá, diz o Velho
Não, diz Olav
Muito bem então, diz o Velho
E em Dylgja, lá um homem foi morto, ah se foi, ele diz
e mais uma vez o Velho leva o caneco à boca e bebe
Quem o matou, diz Olav
Me diga você, diz o Velho
E ele aperta os olhos enquanto olha para Olav
Quem teria sido, ele diz
Você por acaso não saberia nada a respeito, ele diz
e Olav não responde
Mas eles não pegaram o assassino, diz Olav
Não não, pelo menos não que eu saiba, diz o Velho
Não, ainda não o encontraram não, ele diz
Que horror, diz Olav
É, foi mesmo um horror, diz o Velho

e eles ficam lá parados sem dizer nada e Olav vê que ainda tem um pouco no caneco e ele pensa que agora vai beber devagar, mas por quê, ele pensa, e por que ele entrou na Taverna em primeiro lugar, ele não tem nada a fazer por lá, por que ficar lá no meio daquela algaravia de vozes, e além disso o Velho logo deve começar mais uma vez com aquela conversa, então o jeito talvez seja terminar de beber e ir embora, porque agora ele vai fazer uma linha reta até a loja no Cais e comprar o bracelete de Åsta, as alianças podem esperar até mais tarde, ele pensa, e agora, agora mesmo ele vai fazer aquilo, mas será que ele tem cédulas suficientes para aquilo, ele pensa, não, com certeza não, e então como ele vai arranjar o bracelete, ele pensa, e então ouve o Velho dizer você, Asle, você mesmo, não, eu sei muito bem que você não vai fazer uma viagem de volta a Dylgja, ele diz

O meu nome não é Asle, diz Olav

e ele ouve o Velho dizer que não, claro que não, dá para ver que o nome dele não é Asle, ele diz

Não o meu nome é Olav, diz Olav

Então o seu nome é Olav, diz o Velho

É, Olav, diz Olav

Ora, o meu nome também é Olav, diz o Velho

O meu nome é Olav, não o seu, ele diz

e ele ri e ergue o caneco em direção a Olav

Eu, ele diz

O que tem, diz Olav

Eu tenho parentes em Dylgja, ele diz

Muito bem, diz Olav

Eu nasci lá, ele diz

Sei, diz Olav

Numa pequena propriedade, claro, a propriedade fica totalmente isolada, ele diz

Sei, diz Olav

Eu volto para lá de vez em quando, mesmo que não seja muito frequente, ele diz

Não é muito frequente, ele diz

Eu passo a maior parte do tempo aqui em Bjørgvin, ele diz

Mas na última vez que estive por lá eu ouvi histórias sobre esse ato terrível que foi cometido, ele diz

e ele passa um longo tempo olhando para Olav e então o Velho balança a cabeça de um lado para o outro, repetidas vezes, e Olav pensa que precisa sair de lá, afinal por que ele tinha ido à Taverna, agora ele vai à loja no Cais comprar um bracelete de ouro o mais dourado que existe com pérolas as mais azuis que existem para Åsta, pensa Olav, e ele ouve o Velho dizer que sabe que está lá conversando sobre amenidades com um assassino, mas que não pretende abrir a boca, não, afinal por que ele desejaria a execução a Asle, não, nada disso, por que ele desejaria uma coisa dessas, ele diz, não mesmo, não era nada disso, porque ele não vai abrir a boca, ou pelo menos não pretende abrir a boca se Olav estiver disposto a lhe dar uma ou duas cédulas, talvez três, ou talvez até mesmo a lhe pagar um caneco, ele diz

Mas é claro que não foi você, ele diz

Disso eu sei muito bem, ele diz

Eu, diz Olav

O nome do sujeito que matou as pessoas é Asle, diz o Velho

É o que dizem lá em Dylgja, ele diz

Ou foi o que disseram na última vez que estive por lá, ele diz

Enfim, é o que se diz, ele diz

Foi o que eu fiquei sabendo na última vez que estive em Dylgja, ele diz

e Olav bebe

Eu sou de Dylgja, diz o Velho

De uma pequena propriedade em Dylgja, onde não há nada além de rochedos e terrenos alagadiços, ele diz

Mas além disso havia o mar, o fiorde e o mar e os peixes, claro, ele diz

Mas hoje ninguém mora no lugar onde eu nasci, ele diz

E assim foi, ele diz

E assim tudo se passou, ele diz

Porque rochedos e terrenos alagadiços não conseguem alimentar muita gente, ele diz

Não tinha como viver lá, ele diz

Todos precisaram ir embora, ele diz

Assim como eu e você fizemos, ele diz

e Olav olha ao redor e não consegue ver direito onde pode largar o caneco vazio, porque ele não pode ficar lá, e por que ele entrou lá, na Taverna, cheia como está, e por que ele deveria ficar lá ouvindo a conversa do Velho, e agora ele está lá encarando-o com um jeito estranho, e afinal o que é que o Velho quer, não ele não pode ficar lá, claro que não, pensa Olav

Será que posso lhe oferecer um caneco, diz o Velho

Não obrigado, eu preciso ir, diz Olav

Mas então quem sabe você possa me oferecer um, diz
o Velho

e Olav olha para ele

A coisa não anda fácil, diz o Velho

Ah, é mesmo terrível pedir a você, claro, ele diz

É quase como se eu me envergonhasse, ele diz

No fim estou envergonhado, ele diz

Estou envergonhado, sim, mas também com sede, não
vou negar, ele diz

e Olav não responde

Você não quer, diz o Velho

Não talvez você não tenha sequer o bastante para comprar para você mesmo, ele diz

Não é muita gente que tem, ele diz

Ninguém, praticamente, ele diz

E mesmo assim todos compram e compram, negociam
e negociam, cédula atrás de cédula, ele diz

Acho que eu preciso ir, diz Olav

e ele ouve Åsgaut dizer você precisa ir e Olav diz que
precisa, sim, agora ele vai comprar o bracelete de ouro o
mais dourado que existe com pérolas azuis as mais azuis
que existem, ele diz, e Åsgaut pergunta se ele sabe onde fica a loja que vende os braceletes lá no Cais e Olav diz que
não ele não sabe e Åsgaut diz que se ele quiser ele pode
mostrar onde fica a loja, porque agora parece que todos vão
embora da Taverna, um após o outro todos vão sair, ele diz,
e Olav olha ao redor e vê que um após o outro eles saem

89

da Taverna, e ele também deve sair, como os outros, ele pensa

Está ficando vazio, diz Olav

Está mesmo, diz o Velho

Todos precisam ir embora, ele diz

É o que parece, diz Olav

Que estranho, diz Åsgaut

Que todos de repente saiam assim, ele diz

É, diz Olav

Todos estão indo embora, diz o Velho

e Olav põe-se a caminhar em direção à porta e uma mão segura-o pelo ombro e ele se vira e ele olha bem no rosto do Velho, é um rosto com olhinhos úmidos baços e vermelhos, e ele vê os lábios finos e úmidos tremerem ao se abrir

Você é Asle, ele diz

e Olav sente o corpo gelar com a mão do Velho no ombro e ele se desvencilha da mão que tenta mantê-lo no lugar mas por fim o larga e então caminha em direção à porta e ele ouve o Velho dizer você é Asle, você é Asle às costas dele e ele não deve responder, deve apenas sair e ele abre a porta e sai e então fica lá na rua em frente à Taverna e agora, ele pensa, agora ele vai fazer uma linha reta até o Cais, e esse é um caminho que ele conhece, na medida em que conhece Bjørgvin, porque ele já andou bastante por aqui, mesmo que não possa dizer que conhece a cidade como a palma da mão, afinal ele já morou em Bjørgvin, e nem todos os que estão hoje na cidade podem dizer o mesmo, ele pensa, não mesmo, ele pensa, muitos estão aqui pela

primeira vez, como Åsgaut, ele pensa, mas ele, ele inclusive já morou aqui, então ele vai enfim pegar o caminho da loja no Cais onde vendem os mais lindos braceletes, e alianças, ah, mas isso pode esperar, pois como o braço de Åsta ficaria bonito com um bracelete daqueles, pensa Olav, e ele anda depressa em direção à Baía e ao Cais e ouve gritos de espere espere às suas costas e ele se vira e vê uma menina de longos cabelos loiros atravessar a rua em direção a ele
Você por aqui, diz a Menina
Espere, ela diz
Você estava me procurando, eu vi, ela diz
Será, diz Olav
Estava sim, ela diz
Que bom rever você, ela diz
Será que nos conhecemos, diz Olav
Você não se lembra de mim, ela diz
Se eu me lembro de você, ele diz
É, você não se lembra, ela diz
Não, ele diz
Você bateu na minha porta, ela diz
e a Menina ri e o cutuca
É mesmo, diz Olav
Claro, ela diz
Eu não me lembro, ele diz
Você não quer lembrar, ela diz
e ela mais uma vez o cutuca e passa o braço por baixo do braço dele
Mas naquela vez, naquela vez a gente não pôde se falar, ela diz

Não, ele diz

Por que não, ela diz

e Olav começa a descer a rua e ela continua a segurar o braço dele e o acompanha

Porque naquela vez você não estava sozinho, ela diz

Porque você estava com uma qualquer, ela diz

Uma menina pequena de pele morena, ela diz

Uma que de longe eu já sabia o que era, ela diz

Uma dessas que infestam Bjørgvin, ela diz

Eu nem sei de onde vêm tantas, ela diz

Mal uma vai embora e já chegam outras duas, ela diz

e ela se apoia no ombro dele

Mas você já deve haver tomado juízo e se livrado dela, ela diz

E eu entendo muito bem, ela diz

Se tem uma coisa que eu entendo muito bem, é essa, ela diz

Eu não te conheço, diz Olav

E agora, agora você está sozinho, ela diz

E a Menina pousa a cabeça no ombro dele

Eu não te conheço, diz Olav

Mas você pode me conhecer, se quiser, diz a Menina

Onde você mora, ela diz

Eu não moro em lugar nenhum, ele diz

Mas eu conheço um lugar, ela diz

Por umas cédulas, com certeza você tem, ela diz

e eles seguem adiante, ela com a cabeça no ombro dele

Cédulas eu tenho poucas, ele diz

Mas uma, ou duas, ora, ela diz

92

e de repente ela puxa o braço dele e o puxa consigo para o espaço entre duas casas, onde é estreito, tão estreito que mal cabem duas pessoas lado a lado entre as casas, e ela pega a mão dele e o leva para dentro, ao longo do beco, e lá está tudo às escuras, e ela para

Aqui, ela diz

e ela para na frente dele e ela o abraça e aperta os seios contra o peito dele e ela roça e esfrega os seios contra o peito dele

Você pode pegar se quiser, ela diz

e ela beija-o no rosto e passa a língua na pele do rosto

Eu tenho que ir, diz Olav

Ah, ela diz

e ela o larga

Eu preciso fazer uma coisa, ele diz

e ele começa a sair do beco

Muito bem então, ela diz

Que imbecil, ela diz

O maior de toda Bjørgvin, ela diz

e ela também começa a sair do beco

Será que você não podia ter falado de uma vez, ela diz

Por que a gente teve que vir até o beco, ela diz

e eles saem na rua

O maior imbecil de Bjørgvin, você é, ela diz

e Olav pensa que precisa fazer uma pergunta a ela, precisa dizer alguma coisa, qualquer coisa, ele pensa

Você sabe onde fica a Øvstegata, ele diz

Claro que sei, ela diz

Fica para lá, ela diz

Você segue por aqui e depois sobe por lá, ela diz

e ela aponta

Mas, enfim, você pode se virar sozinho, ela diz

e Olav vê a menina dar meia-volta e andar pela rua que eles acabaram de descer e ele pensa que a Øvstegata devia estar perto, e lá, ah lá ele tinha até morado, ah, ele e Åsta e Sigvald tinham morado lá, ele pensa, na casinha da Øvstegata, era lá que eles tinham morado, e agora que já está tão perto ele podia muito bem ir até lá dar uma olhada na casa, talvez fosse bom revê-la, pensa Olav, e ele desce a rua e chega ao ponto onde a Øvstegata começa e sobe pela Øvstegata e lá, ao longe, lá está a casinha onde ele e Åsta tinham morado e lá o pequeno Sigvald tinha nascido e ele para e se vê a si mesmo parado em frente à casa na Øvstegata e ao lado estão duas trouxas com tudo o que eles têm, foi a última vez que ele esteve por lá, pensa Olav, e ele olha para si mesmo lá parado e então vê Alida sair pela porta e junto ao peito ela traz o pequeno Sigvald bem enrolado num cobertor, e então Alida para no lado de fora da casa lá na Øvstegata e olha para a casa

Temos mesmo que ir embora, ela diz

Nossa vida foi boa por aqui, ela diz

Em nenhum outro lugar nossa vida foi tão boa quanto aqui, ela diz

Não podemos ficar aqui, ela diz

Acho que temos que ir embora, diz Asle

Precisamos nos despedir da casa, diz Alida

Acho que precisamos, diz Asle

Eu me senti muito bem aqui, diz Alida

Não tenho vontade de ir embora dessa casa, ela diz
Mas nós precisamos, diz Olav
Não podemos continuar morando nessa casa, ele diz
Tem certeza, ela diz
Tenho, ele diz
Mas por quê, ela diz
Simplesmente é assim, ele diz
Essa não é a nossa casa, ele diz
Mas não tem mais ninguém morando lá, diz Alida
A mulher que morava lá pode voltar, diz Asle
Já se passou muito tempo, diz Alida
Mas alguém pode chegar, ele diz
Não é certo, ela diz
Mas assim mesmo a casa é dela, ele diz
Mas ela não voltou, diz Alida
Ela pode voltar, ela ou talvez outra pessoa, uma pessoa
ou outra, e não podemos estar lá, diz Asle
Mas se já passou muito tempo e ninguém veio, ela diz
É, ele diz
Então a gente pode muito bem ficar aqui, ela diz
Não, ele diz
Essa não é a nossa casa, ele diz
Mas, ela diz
Temos que ir, ele diz
Já falamos muitas vezes sobre isso, ele diz
É, ela diz
Agora vamos, diz Asle
e ele pega as duas trouxas com tudo o que eles têm e
eles descem a rua, ele na frente e Alida, com o pequeno
Sigvald junto ao peito, logo atrás

Espere, diz Alida

e Asle para

Aonde estamos indo, ela diz

e ele não responde

Aonde estamos indo, ela diz

Não podemos mais ficar aqui em Bjørgvin, ele diz

Por acaso não estamos bem aqui, diz Alida

Mas não podemos mais ficar aqui, diz Asle

Por que não, ela diz

Acho que tem alguém atrás de nós, ele diz

Alguém atrás de nós, ela diz

Com certeza, ele diz

Como é que você sabe disso, ela diz

Eu simplesmente sei, ele diz

e ele diz que eles devem sair de Bjørgvin o mais depressa possível, e só depois que estiverem fora de Bjørgvin eles vão poder fazer as coisas com mais calma, a partir de então podem seguir mais devagar, e agora é verão, os dias estão quentes, e eles podem aproveitar, e além disso ele conseguiu umas cédulas em troca do violino, então pelo menos o necessário eles têm, ele diz, e Alida diz que ele não devia ter vendido o violino, porque era muito bonito ouvi-lo tocar e ele diz que eles precisavam das cédulas e que além do mais ele não queria acabar como o pai, não queria viajar para longe dela e do filho e deixá-los em casa, ele queria estar perto da família e não das outras pessoas, as outras pessoas não servem para nada, o bom é estar com as pessoas mais próximas, talvez o destino dele fosse mesmo o de um músico, mas ele estava disposto a confrontar esse destino, também por isso o violino fora vendido, naquele momento ele não era mais um músico, naquele momento ele havia se tornado pai e havia se tornado marido dela, se não no sentido legal, pelo menos no sentido mundano, ele diz, assim são as coisas, e uma vez que são assim, então o violino já não é mais necessário, e com o bom uso que eles poderiam fazer das cédulas não era problema nenhum vender o violino, e além disso o violino já fora vendido, então nem havia mais o que discutir, porque já estava feito, com o violino e com tudo mais, diz Asle, e ele diz que eles não podem ficar lá praticamente discutindo, agora ela tem que vir, agora eles têm que ir, e Alida diz que com certeza ele tinha razão ao vender o violino, mas ele tocava de um jeito muito bonito, muito bonito, ela diz, e ele não responde e eles começam a descer a rua e seguem caminhando e chegam ao Cais e seguem ao longo do Cais e não dizem nada e caminham e caminham e Olav pensa, lá onde está, que não pode ficar parado como está, ele precisa ir à loja no Cais e com as cédulas recebidas com a venda do violino ele vai comprar o bracelete mais lindo que se pode imaginar para Åsta, pensa Olav, e ele começa a descer em direção ao Cais e ele se vê caminhando ao longe, no Cais, e logo atrás vem Alida trazendo o pequeno Sigvald junto ao peito e eles não dizem nada e as casas tornam-se mais esparsas e logo as casas tornam-se distantes umas das outras e o dia já está claro e não está quente nem frio, é um tempo bom para caminhar e mesmo que ele esteja carregando peso não parece que está carregando peso, e Alida vem logo atrás trazendo o pequeno Sigvald junto ao peito e de vez em quando o sol

brilha e de vez em quando as nuvens o encobrem e ele não
sabe para onde ir, e Alida não sabe para onde ir, mas eles
têm comida, e eles têm roupas, e também outras coisas que
podem ser necessárias

Aonde estamos indo, diz Alida

Me diga você, diz Asle

Estamos voltando para o lugar de onde viemos, ela diz

Estamos indo para onde o caminho nos levar, ele diz

Eu estou meio cansada, ela diz

Então vamos descansar, ele diz

e eles param e olham ao redor

Lá embaixo, no escolho, a gente pode descansar, ela diz

Podemos, ele diz

e então eles vão até lá e sentam-se no escolho e olham
para o fiorde, e o fiorde está totalmente em silêncio, nada
se mexe por lá, o fiorde brilha em azul e Asle diz que hoje
o fiorde está reluzente e não é sempre que isso acontece,
ele diz, e então eles veem um peixe saltar e ele diz que
aquele era um salmão e além disso era um salmão grande,
ele diz, e Alida diz que era lá que eles deviam morar e ele
diz que eles não podem morar tão perto de Bjørgvin e ela
diz por que não e ele diz que eles simplesmente não podem,
alguém pode encontrá-los e ela diz por acaso isso importa
e ele diz que ela talvez ainda se lembrasse de quando eles
haviam chegado a Bjørgvin e ela diz com o barco e ele diz
isso, isso também e então Alida diz que está com fome e
Asle diz que ele tem um presunto de cordeiro ainda inteiro, não só umas fatias, então ninguém vai passar fome, ele
já tinha pensado em tudo isso, ele diz, e Alida pergunta se

ele tinha comprado o presunto e ele diz que não tinha sido necessário, não, mas a carne parece estar bem curada, ele diz, e lá, ao longe, ouve-se o que parece ser um riacho, diz Alida, então ninguém tampouco passaria sede, agora que eles comeriam a carne salgada, ela diz, e ele pega o presunto de cordeiro e o ergue com uma das mãos e começa a girá--lo no ar e ela começa a rir e diz que ele não deve fazer uma coisa daquelas, não se brinca com comida, ela diz, e Asle diz que ela tinha falado igual à mãe dela e ela diz ah, essa não, mas pode ser que eu esteja ficando parecida com ela, afinal eu agora também sou mãe então posso acabar como a minha mãe

    Não diga uma coisa dessas, ele diz

    Isso que acabei de dizer eu aprendi com a minha mãe, ela diz

    E eu com a minha mãe, ele diz

    então ela larga a trouxa com o pequeno Sigvald em cima do escolho e senta-se e então Asle senta-se e ele pega a faca e corta até o osso na perna do cordeiro e logo torna a cortar e logo ele tem na mão uma fatia grossa e ele entrega a fatia para Alida e ela começa a mastigar a carne e diz que gostoso, está bem curado e gostoso e não muito salgado, ela diz, e ele corta uma fatia para si e a experimenta e diz que está mesmo bom, não há como negar, estava realmente bom, não há como uma carne ficar melhor do que aquilo, ele diz, e então Alida abre o cesto de pão e a manteigueira e passa manteiga generosamente em várias fatias e corta mais carne e então os dois ficam lá sentados, comendo sem dizer nada

Eu vou buscar um pouco d'água, Asle diz depois de um tempo

e ele pega a caneca e ouve o murmúrio do riacho e segue em direção ao som e então vê a água boa e fresca a correr desde a montanha mais acima, e o riacho deságua no fiorde, e ele enche a caneca e com aquela água boa e fria volta até onde Alida está e entrega-lhe a caneca e ela bebe e bebe e entrega a caneca de volta para ele, e ele bebe e bebe e então Alida diz que ela está muito feliz por tê-lo encontrado e ele diz que está muito feliz por tê-la encontrado

Nós três, diz Alida

Você, eu e o pequeno Sigvald, diz Asle

Nós três, ele diz

e Olav segue ao longo do Cais e ele precisa fazer uma linha reta e encontrar a loja onde vendem os braceletes mais lindos que existem no mundo, ele precisa encontrar a loja, e talvez deva perguntar onde fica, porque deve haver quem possa dizer onde a loja fica, e então, mais à frente no Cais, lá ele vê Åsgaut, que sorri para ele

Você não encontra a loja, diz Åsgaut

Eu imaginei que você não encontraria, ele diz, não é muito simples encontrar a loja, mas eu posso ajudar você, ele diz

Não, não, diz Olav

A loja é difícil de encontrar, diz Åsgaut

Mas agora eu vou ajudar você a encontrá-la, ele diz

A loja fica um pouco mais adiante no Cais, no fundo de um beco, ele diz

Eu vou ajudar você, ele diz

Obrigado, diz Olav

Ah se vou, diz Åsgaut

e Olav sente uma alegria tomar conta dele, porque agora, agora ele vai comprar o bracelete mais lindo que existe
no mundo, em ouro o mais dourado que existe, e com pérolas azuis as mais azuis que existem, e em pouco tempo
esse bracelete vai estar no braço de Åsta, ele pensa

Eu tenho umas cédulas, diz Olav

Ele também está ansioso por vender, então talvez possa dar um desconto, diz Åsgaut

Para mim ele deu, ele diz

Eu não tinha o tanto que ele pediu, e pode ter sido melhor assim, porque no fim pude comprar pelo que eu tinha,
ele diz

e os dois seguem ao longo do Cais e Olav pensa que
aquele é um momento solene, lá está ele, um sujeito humilde, a caminho de comprar o presente mais lindo para a
amada, não, não era nada mau, ele pensa, mesmo que ele
tenha ido a Bjørgvin comprar alianças, nada impede que
compre um bracelete, as alianças podem ser compradas
mais tarde, ele pensa, porque agora, agora que já viu o bracelete mais lindo, em ouro o mais dourado que existe, e
com as pérolas mais azuis que existem, ah, então ele não
tem como deixar de comprar um bracelete daqueles para
Åsta, e é isso, é isso o que ele está prestes a fazer, pensa
Olav, e então ele ouve Åsgaut dizer que o bracelete, ah, o
bracelete é muito bonito, muito lindo, segundo dizem, ele
diz e Olav diz que sim, tão lindo que dificilmente poderia
existir bracelete mais lindo, ele diz

É, eu acho que não, diz Åsgaut

O que você acha que não, diz Olav

Que não é possível encontrar braceletes mais lindos,
diz Åsgaut

Decerto não, ele diz

Eu também acho que não, diz Olav

Já estamos chegando, diz Åsgaut

Mas eu vou acompanhar você até lá, ele diz

Obrigado, diz Olav

Eu já estive por lá hoje mais cedo, e agora já estou voltando, o Joalheiro vai ficar desconfiado, ele diz

O Joalheiro, diz Olav

É, é assim que o chamam, o nome dele é Joalheiro, diz
Åsgaut

É um nome bonito, diz Olav

Esse é o nome dele, diz Åsgaut

E além disso ele é um homem muito bonito, que usa
as roupas mais elegantes, diz Åsgaut

Não diga, diz Olav

E ele tem uma grande barba preta, ele diz

e os dois seguem ao longo do Cais

Você nem imagina o tanto de coisas bonitas que ele tem
na loja, diz Åsgaut

Nem vou dizer mais nada, você mesmo há de ver quando entrar, ele diz

e Olav acena a cabeça e então Åsgaut dobra à direita e
segue por entre duas fileiras de casas, e tem um bom espaço entre as casas e é porta ao lado de porta à medida que
os dois avançam e Åsgaut caminha uns metros à frente de

Olav e ele caminha depressa, como que entusiasmado, e Olav também segue caminhando, e de repente Åsgaut para em frente a uma grande vitrine no fundo do beco, e lá, na vitrine, o ouro e a prata brilham e rebrilham e Olav sente que está assustado com toda aquela beleza, é inacreditável que tanto ouro e tanta prata estejam no mesmo lugar, expostos na mesma vitrine

Quando o Joalheiro não está por aqui a vitrine é fechada com grandes venezianas, diz Åsgaut

Mas agora ele está aqui, ele diz

e Åsgaut vai em direção à porta ao lado da vitrine

Mas lá, lá tem outra vitrine, diz Olav

É, são duas vitrines, diz Åsgaut

e Olav vai até a outra vitrine e lá, no meio da vitrine, lá está um bracelete que brilha em ouro o mais dourado que existe com pérolas azuis as mais azuis que existem, exatamente como o bracelete que Åsgaut tinha comprado, segundo parece

Lá, lá está o bracelete, diz Olav

Ora, ora, diz Åsgaut

Ele não estava na vitrine quando estive aqui hoje mais cedo, ele diz

O Joalheiro deve ter feito outro agora mesmo, ele diz

Vamos entrar, ele diz

e Olav fica parado e olha para toda a beleza exposta na vitrine

Vamos entrar antes que outro apareça e compre esse lindo bracelete, diz Åsgaut

e ele abre a porta e segura a porta aberta para Olav e
ele entra e lá no recinto está o próprio Joalheiro e ele faz
uma mesura e outra mesura e diz sejam bem-vindos, sejam
bem-vindos à minha humilde seleção na minha humilde
loja, ele diz, mas assim mesmo eu creio que os senhores talvez possam encontrar alguma coisa que lhes agrade, ele diz,
então sejam bem-vindos, sejam bem-vindos e estejam à
vontade para dizer no que posso ajudar, ele diz

Obrigado, diz Åsgaut

Muito bem, diz o Joalheiro

Com o senhor eu já fiz negócio hoje, ele diz

É verdade, é verdade, diz Åsgaut

Talvez o senhor deseje fazer mais compras, diz o Joalheiro

Não, eu não, mas talvez o meu amigo aqui, diz Åsgaut

e Olav olha ao redor e vê uma infinidade tão grande
de ouro e prata, anéis e enfeites e candelabros e tigelas e pratos e ouro e prata onde quer que olhe, que não, imaginar
que tudo aquilo exista em tamanha quantidade, onde quer
que os olhos vejam, tudo é ouro e prata

O que seria, diz o Joalheiro

Imaginar que existe tanto ouro e tanta prata, diz Olav

É impossível, ele diz

Na verdade não é tanto assim, diz o Joalheiro

Mas é um pouco, um pouco, ele diz

e ele esfrega as mãos

É uma infinidade, diz Olav

E o que seria para o senhor, diz o Joalheiro

Para mim, eu gostaria de comprar um bracelete, diz
Olav
Um exatamente como aquele que eu comprei hoje
mais cedo, diz Åsgaut
Ah, o senhor deu sorte, diz o Joalheiro
e ele bate as mãos, bate as mãos repetidas vezes, como
se estivesse a aplaudir
O senhor deu sorte, porque não é nada fácil arranjar
um bracelete lindo como esse hoje em dia, ele diz
Não mesmo, ele diz
É quase impossível arranjá-los hoje em dia, ele diz
e o Joalheiro diz que assim mesmo tinha conseguido
dois braceletes daqueles, em boa parte graças à experiência
de longos anos e aos bons contatos que tem, em boa parte
foi graças a isso, ele diz, ah, para dizer a verdade os braceletes haviam chegado ontem e já hoje ele tinha vendido o
primeiro, ele diz, fazendo um gesto de cabeça em direção a
Åsgaut, para aquele senhor ali, não é mesmo, ele ficou com
um e, ah, ele deu sorte, diz o Joalheiro, e vários clientes já
estiveram por aqui e olharam o outro, então agora, agora
o senhor deu muita sorte, porque inacreditavelmente o outro bracelete ainda está por aqui, exposto na vitrine, ele diz,
e então faz uma mesura e pede licença aos senhores e calça um par de luvas brancas e então tira o bracelete da vitrine e o põe com todo o cuidado em cima de uma mesa
É um trabalho impecável, diz o Joalheiro
Um trabalho impecável, feito por um verdadeiro artis-
ta, ele diz
e ele passa o indicador de leve pelo bracelete

E o senhor quer comprá-lo, ele diz

e ele lança um olhar humilde em direção a Olav

Entendo perfeitamente, diz o Joalheiro

Se eu tiver cédulas o bastante, diz Olav

Esse é um assunto que sempre aparece, diz o Joalheiro

e parece haver tristeza e melancolia na forma como ele fala e Olav retira as três cédulas que tem do bolso e entrega--as para o Joalheiro e ele as recebe e examina cada uma das cédulas

É pouco demais, ele diz

É pouco demais, diz Olav

É, diz o Joalheiro

Eu gostaria de receber mais duas ou três, no mínimo, e assim mesmo estaria a vender barato demais, ele diz

e Olav sente-se tomado por um grande desespero, pois como haveria de arranjar mais uma cédula, talvez mais tarde, mas não agora, e é agora que o bracelete mais lindo do mundo está lá, e não mais tarde, porque o Joalheiro disse que havia vários clientes dispostos a comprar o bracelete

Ele não tem mais, diz Åsgaut

Isso é tudo o que ele tem, diz o Joalheiro

e faz uma cara de espanto

Mas escute, o senhor talvez pudesse ajudá-lo, ele diz

O senhor ficou com tudo o que eu tinha hoje mais cedo, diz Åsgaut

e o Joalheiro balança a cabeça e parece desesperado

Ah não, essa não, ele diz

Bem então vamos seguir em frente, diz Åsgaut

e ele olha para Olav

É, diz Olav

e Åsgaut vai em direção à porta e Olav estende a mão para o Joalheiro

Muito bem, diz o Joalheiro

e com um movimento brusco ele enfia as três cédulas no bolso e fala com irritação na voz

Está bom assim, ele diz

e então levanta o bracelete no ar e o entrega para Olav e então Olav fica lá com o mais lindo bracelete na mão, de ouro o mais dourado que existe, e com pérolas azuis as mais azuis que existem, e ele não consegue acreditar no que está vendo, não consegue acreditar que está lá com um bracelete tão lindo na mão, e ele olha para a frente como se fosse real, o bracelete no braço de Åsta, ah, imaginar que aquilo pudesse mesmo acontecer, ele pensa, que uma coisa daquelas pudesse mesmo ocorrer, ele pensa

Venha, diz Åsgaut

Ah, mas é uma loucura, eu não devia ter feito uma coisa dessas, é uma vergonha vender um bracelete tão lindo por tão pouco, diz o Joalheiro

Estou tomando prejuízo, ele diz

e a voz dele é alta e lamentosa e Åsgaut está lá segurando a porta aberta

Eu não posso fazer uma coisa dessas, diz o Joalheiro

Não posso tomar esse prejuízo, ele diz

e Åsgaut está lá segurando a porta aberta

Venha, Olav, ele diz

e Olav sai porta afora e Åsgaut fecha a porta e então Olav fica parado lá fora, no beco, e ele olha para o bracelete que tem na mão, ah, que uma coisa daquelas pudesse acontecer, que ele pudesse conseguir um bracelete tão bonito como aquele, pensa Olav, e ele ouve Åsgaut dizer que eles precisam ir embora antes que o Joalheiro mude de ideia e então Åsgaut começa a descer o beco e Olav caminha atrás dele enquanto olha para o bracelete, ah, que mundo é esse, ele pensa, não, não pode ser verdade, ele pensa, e Åsgaut diz que ele deve guardar o bracelete no bolso para que ninguém o veja e tenha a ideia de roubá-lo, ele diz, e Olav guarda-o no bolso e ainda com a mão no bracelete segue Åsgaut ao longo do beco e logo eles estão de volta ao Cais e Åsgaut diz que na verdade ainda tem umas moedas, embora não mais do que isso, e Olav diz que ele também tem e Åsgaut diz que o que ele quer dizer é que talvez eles devessem arranjar um caneco ou dois, porque aquilo merecia uma comemoração, o fato de que os dois haviam comprado um bracelete cada, dos mais lindos que havia, para as amadas, ah, isso merecia uma comemoração, diz Åsgaut

Mas é claro, diz Olav

Então vamos para a Taverna, diz Åsgaut

Claro, diz Olav

Então vamos, diz Åsgaut

e eles caminham num ritmo constante até a Taverna e lá, lá adiante na rua, não seria a Menina de antes, ah, é a própria, a menina de longos cabelos loiros, e ela pega no braço de cada um que passa, sim, é assim que ela faz, exatamente como fez ainda há pouco quando pegou o braço dele, lá está ela de braços dados com outro, e aquilo é bom, ele pensa, é bom que seja outro a estar de braços dados com ela e não ele, pensa Olav, e ele sente o bracelete no bolso

Vai ser bom tomar um caneco, diz Åsgaut

Vai, diz Olav

Ah, agora as nossas noivas têm motivo para se alegrar, diz Åsgaut

Vai ser uma surpresa e tanto, diz Olav

Vai ser muito bom quando voltarmos para casa, diz Åsgaut

Eu imagino como o bracelete vai ficar bonito no braço da Åsta, diz Olav

E eu no braço da Nilma, diz Åsgaut

e eles seguem caminhando num ritmo constante, e Olav vê que a Menina puxa o homem com quem anda de braços dados para o espaço entre duas casas, e é o mesmo beco para o qual ela o havia puxado, ele pensa

Um caneco é mais do que merecido, diz Åsgaut

Vai ser bom, ele diz

É, diz Olav

e ele vê Åsgaut parar defronte a porta da Taverna, a grande porta marrom, e Åsgaut entra e Olav segura a porta e a seguir também entra e logo os dois estão no longo corredor com os troncos marrons dispostos uns por cima dos outros, e Åsgaut começa a avançar pelo corredor e Olav o segue e o tempo inteiro ele segura o bracelete no interior do bolso, e os dois entram, e tudo lá dentro está como antes, mas simplesmente não há ninguém à vista, ah, mas lá, sentado junto a uma mesa está o Velho, claro que ele estaria por lá, mas pouco importa, afinal ele está lá, é sempre assim, pensa Olav, e o velho olha para ele

É você, diz o Velho

Eu sabia que você viria, e eu estava à espera, ele diz

Eu sabia que você voltaria para me oferecer um caneco, ele diz

Você não teria coragem de agir diferente, Asle, não mesmo, ele diz

e o Velho se levanta e se aproxima de Olav

Eu tinha certeza de que você voltaria, ele diz

E eu estava certo, ele diz

e Olav vê que Åsgaut já está de pé junto ao balcão com um caneco em cada mão e ele vai até Åsgaut que lhe entrega um dos canecos

Esse é por minha conta, diz Åsgaut

e ele ergue o caneco

Saúde, ele diz

e Olav ergue o caneco

Saúde, diz Olav

e os dois fazem um brinde e o Velho se aproxima e se posta na frente deles

Mas e quanto a mim, por acaso vou ficar sem nada para beber, só vocês vão ter o que beber, ele diz

Aja com sabedoria, Asle, ele diz

Faça como eu digo, ele diz

Ofereça um caneco a este velho, ele diz

e ele põe a cabeça meio de lado e olha enviesado para Olav, com os olhos apertados

Você lembra do que eu disse, não, ele diz

Você sabe o que eu sei, não sabe, Asle, ele diz

Chega de mendigar, diz Åsgaut

Eu não estou mendigando, nunca na vida mendiguei, simplesmente peço o que tenho direito a pedir, diz o Velho

Acho que eu preciso ir embora, diz Olav

Mas e o seu caneco, você nem ao menos terminou de beber, mal bebericou, diz Åsgaut

Ah, pode beber, você aguenta dois canecos, diz Olav

Claro, claro, mas não é nada disso, diz Åsgaut

Tome mais um gole, ele diz

e Olav ergue o caneco e bebe o máximo que pode e entrega o caneco para Åsgaut e diz que precisa ir embora, ele sabe, ele não pode ficar por lá, diz Olav, e ele vai em direção à porta

Mas espere, espere, diz o Velho

Você tinha me prometido um caneco, ele diz

Tome cuidado, tome cuidado, ele diz

Você foi avisado, ele diz

e Olav abre a porta e atravessa o longo e escuro corredor e sai e fica parado na rua em frente à Taverna e pensa em que rumo deve tomar, a noite está caindo e ele precisa de um lugar para dormir, mas talvez não seja e nem precise ser numa casa, nem está tão frio assim, mas um rumo ou outro ele precisa tomar, ele pensa, e então ele olha ao redor e numa janela logo acima vê uma senhora olhando para fora, ela tem longos cabelos grisalhos e bastos e está em parte oculta por trás de uma cortina, mas ela está lá parada, simplesmente olhando, pensa Olav, não o está procurando, ele pensa, e por que afinal o estaria procurando, por que ele pensa uma coisa dessas, o que é que o leva a pensar que aquela senhora estaria à procura dele, não devia haver nenhum motivo para isso, pensa Olav, e ele segura o bracelete no bolso e ele olha para cima e a senhora continua lá, em parte oculta por trás da cortina, e ela olha para ele, ah, olha mesmo, ele pensa, e por que a senhora haveria de olhar para ele, o que ela pretende com aquilo, ele pensa, e mais uma vez ele olha para a janela e a senhora continua por lá, em parte oculta por trás da cortina, e de repente ele não a vê mais, e ele não pode ficar lá parado, a noite caiu e ele precisa encontrar um lugar onde consiga passar a noite, ele pensa, para um lugar ou outro ele precisa ir, ele pensa, mas para onde, para onde ir, ele pensa, e então ele vê uma senhora com longos cabelos grisalhos e bastos mais adiante na rua

Você, diz a Velha

Você olhou para mim como se precisasse de um alojamento, ela diz

É verdade, não, ela diz

E Olav não sabe ao certo o que responder

Responda, ela diz

Eu estou vendo, ela diz

Responda, ela diz

e Olav diz que não tem como negar aquilo não e ela diz que se ele precisa de alojamento então que a acompanhe e tudo vai se resolver, ela diz, e ele pensa que é uma oferta tentadora e se aproxima dela e ela se vira e entra porta adentro e ele a vê subir uma escada e ele sobe atrás dela e ele ouve a respiração dela na escada e entre uma res-

112

piração e outra ela diz que vai arranjar para ele um lugar
onde passar a noite, sim, e nem vai ser caro, não, ela diz, e
quando chega ao topo da escada ela para e toma fôlego, tudo vai se resolver com uma cama para você passar a noite,
ela diz, e ele para na escada e ela abre uma porta e entra e
ele termina de subir e a acompanha e ele vê que lá há uma
menina de longos cabelos loiros que olha para fora da janela e a Velha se aproxima dela e posta-se ao lado dela, exatamente como estava ainda há pouco, e ele fica lá parado e
olha para elas e então ouve a Velha dizer enfim ele saiu da
Taverna e então se perguntam se ele vai ter juízo suficiente para voltar para casa ou se pretende continuar, mas afinal ele não pode ter bebido nada, pois de onde a haveria tirado, ela diz, e a Menina diz que não, em casa já não há
moedas, então com o que elas vão viver, como vão arranjar o que comer, diz a Menina, e ela se vira em direção a
Olav e ele vê que é a mesma que ele tinha encontrado antes, aquela que havia pegado o braço dele e o levado a um
beco, é ela, e claro que só pode ser ela, ele pensa, e a Menina olha para ele e ri um bocado, e depois acena a cabeça
    Você também não tem nenhuma cédula, diz a Menina
    Não, diz Olav
    e a Velha se vira e olha para ele
    Ah mas você não pode ocupar uma cama no meu alo-
jamento se não tem como pagar, ela diz
    Imaginei que você soubesse disso, ela diz
    Mas pelo menos umas moedas você deve ter, ela diz
    Umas moedas, sim, ela diz
    Não acho que você não tenha nada, ela diz

113

Você não pode estar numa situação assim tão ruim,
ela diz

Ou será que pode, ela diz

e ela fica olhando para ele

E quem é você, ela diz

Eu, diz Olav

Eu o conheço, diz a Menina

Só para que você saiba, ela diz

Então você o conhece, diz a Velha

Mas você não tem moedas, ela diz

Quem disse, diz Olav

Você tem cédulas, diz a Menina

e ela se aproxima e põe as mãos nas costas dele e a Velha balança a cabeça e então a menina se apoia nele e o beija no rosto

E essa agora, diz a Velha

e a Menina procura a boca dele com a língua e o beija

Bem, não se podia esperar coisa muito diferente, diz a Velha

e então a Menina desliza ao redor dele e depois aperta o corpo contra o peito dele

Uma menina bonita e pobre na flor da juventude, diz a Velha

e a Menina baixa as mãos pelas costas dele

Mas assim mesmo, diz a Velha

e a Menina aperta o corpo contra ele

Imaginar que eu tenha que ver uma coisa dessas, diz a Velha

e Olav fica lá com as mãos na vertical

Eu nunca teria imaginado uma coisa dessas a seu respeito, diz a Velha

e Olav pensa que aquilo, o que afinal é aquilo, ele não pode continuar lá, ele pensa

Você, você, a minha própria filha, diz a Velha

e a Menina lambe o pescoço dele

Que você se rebaixe desse jeito, diz a Velha

Menina, não, não há como, ele pensa

Eu achei que arranjaria um bom casamento para você, mas agora, sabendo que você é assim, está fora de cogitação, diz a Velha

e Olav segura os braços da Menina e se desvencilha e ela mais uma vez põe os braços em volta dele e passa as mãos nas costas dele e ele se afasta

Ah, você, diz a Menina

Não, não, é cada desgraça que me acontece, diz a Velha

Você é um horror, diz a Menina

Você é o pior sujeito de toda Bjørgvin, ela diz

Ninguém é pior do que você, ela diz

Não, que horror, ela diz

e então a Velha senta-se num mochinho com a cabeça apoiada nas mãos e Olav vê a menina com os punhos fechados e então a Velha diz não, tudo é um horror, não, tudo é um horror, e então a Menina diz será que você não tem mais nada a dizer, é sempre isso, tudo é um horror, ela sempre diz isso, diz ela, e então brande o punho em direção à Velha e diz que ela sempre reclama a respeito dela, sempre, como se ela mesma tivesse sido melhor quando ainda era jovem, ah, mas com certeza não era, ela diz

Você por acaso era melhor, ela diz

O que é que você sabe a respeito disso, diz a Velha

e ela olha para a Menina com um olhar afiado

O que sei eu, eu só sei o que sei, só sinto o que sinto, diz a Menina

E por acaso eu não tenho razão, ela diz

Eu sei que esse sujeito, o sujeito que mora aqui, não é o meu pai, ela diz

Por acaso eu disse isso, diz a Velha

Disse sim, diz a Menina

Então eu disse, diz a Velha

Pode muito bem ser, ela diz

Mas não é certo, diz a Menina

Não, não é certo, diz a Velha

Então quem é o meu pai, não, você não sabe, diz a Menina

Eu já disse quem eu acho que é, diz a Velha

E assim mesmo você me xinga, diz a Menina

e Olav fica lá parado e ouve a Velha dizer que ela não está xingando ninguém, que nunca a xingou, de vez em quando ela pode ter pedido que a ajudasse com uma coisa ou outra, ela diz, que assumisse uma tarefa, que lhe desse uma moeda caso ela não tivesse o que comer, mas assim mesmo sempre cuidou dela, não é mesmo, pelo menos desde o nascimento ela havia tomado conta dela e não foi nada fácil, pelo contrário, foi muito custoso para ela ao longo daqueles anos todos e no fim o que ela recebe em troca é ser xingada e chamada de uma coisa que nenhuma delas quer chamar pelo nome, não, ela não tem como aguentar mais aquilo, diz a Velha, e ela cobre o rosto com as mãos e se entrega a um choro dorido e sincero, e a Menina diz que ela mesma não foi melhor em nada, então não há do que reclamar, é um desvario reclamar da própria filha quando ela mesma não foi melhor em nada, ela diz, e a Velha diz, quase aos gritos, que é claro que ela queria que a filha tivesse uma vida melhor do que ela, e que ela tinha feito todo o possível, e no fim o que ela recebe em troca é ser xingada pela única filha, não, não havia como, ela diz, e a Menina diz o que mais você quer que eu faça e a Velha diz que não acredita, tem muita coisa que pode ser feita, ela já viveu um bom bocado, ela diz, e a Menina diz então diga, então me diga, me diga o que eu devo fazer e a Velha diz que ela pode fazer muita coisa, ela pode costurar, pode trabalhar como vendedora numa loja, pode vender produtos no Mercado, pode fazer como a irmã dela, que havia desaparecido de um jeito repentino e estranho, e virar parteira, enfim, pode fazer o que ela quiser, ela diz, e a Menina diz que é justamente isso, justamente isso o que ela está fazendo, e a Velha diz que se entregar a uma vontade qualquer, não é disso que ela está falando quando fala em fazer o que ela quiser, ou melhor, é bom se entregar às vontades, mas não daquele jeito, primeiro ela deve se entregar à vontade de arranjar uma vida digna e uma renda digna, ela precisa se casar e virar uma pessoa decente, precisa arranjar um marido e ter filhos, precisa tomar jeito, ela não pode se entregar a um homem qualquer em troca de pouco ou nada, ah, ah, ela mesma tinha feito aquilo e o retorno tinha sido muito parco, ela tinha acabado sem nada, nada além da vergonha, porque de certa forma talvez aquilo pareça muito bom enquanto dura, mas no fim não dura, e logo chega a idade em que as pessoas podem fazer o que bem entendem, mas então já está tudo acabado, isso mesmo, acabado, está tudo acabado porque ninguém oferece mais nada, simplesmente é assim, é assim que segue essa toada, ela diz, e a Menina diz que claro que é assim, então o melhor é aproveitar ao máximo enquanto ela tem disposição e oportunidade, ora, ela diz, e a Velha diz que nunca ouviu uma bobagem tão grande quanto essa, e que em vez de falar de nariz empinado ela devia ouvir o que dizem as pessoas que já viveram bastante e têm bastante experiência e comportar-se de acordo, ela diz, e a Menina diz que não aguenta mais ouvir aquela conversa e então se posta em frente a Olav e abre o peito do vestido e empurra os seios em direção a ele e a Velha se levanta e pega a manga do vestido dela

Agora você foi longe demais, diz a Velha

Nunca vi coisa assim, ela diz

Se oferecer desse jeito, ela diz

Só você mesma, ela diz

e ela agarra os cabelos da Menina e a puxa

Ai, pare, diz a Menina

Pare você, diz a Velha

Sua puta, sua puta, diz a Menina

Você está me chamando de puta, diz a Velha

Puta, puta, diz a Menina

e ela pega o braço da Velha e o leva até a boca e o morde e a Velha a solta

Maldita, maldita, diz a Velha

e a voz dela racha

É isso o que eu recebo em troca, sua maldita, ela diz

Saia, saia da minha casa, ela diz

Saia da minha casa, sua puta, ela diz

E a Menina abotoa o peito do vestido

Pegue as suas coisas e vá embora daqui, diz a Velha

Agora, ela diz

Agora mesmo, ela diz

Eu volto para buscar as minhas coisas mais tarde, diz a Menina

Que seja, diz a Velha

e então Olav vê a Menina atravessar o corredor e ela abre a porta e sai e o Velho está lá na porta e ele fica lá parado e então olha para Olav e o Velho diz afinal de contas o que você está fazendo aqui, porque você não é nenhum hóspede nessa casa, será que você também é um intruso, talvez, ele diz, e se ele tivesse lhe oferecido um caneco na Taverna, ah, então as coisas agora poderiam ser feitas à maneira dele, mas por acaso ele tinha feito isso, não, não mesmo, tão logo o assunto foi mencionado ele bebeu e saiu, e naquele momento ele estava lá, na casa dele, na propriedade dele, e o que ele tinha a fazer por lá, ele diz, e então diz que agora, agora ele vai sair e buscar a Lei, porque ela, a Lei, teria muito o que conversar com Asle, ele diz, e então a Velha fica lá e diz para o Velho que não, o que é que ele está dizendo, que história era aquela, o que Asle tinha feito, afinal, ela diz, e Olav vai até a porta e o Velho estende os braços em direção ao marco e o agarra com as duas mãos e assim impede a passagem

Vá e chame a Lei, diz o Velho

Eu, diz a Velha

É, você mesma, ele diz

Mas eu não consigo passar, ela diz

Ora, ele diz

Por que você quer que eu chame a Lei, ela diz

Não me pergunte, ele diz

Simplesmente vá, ele diz

Bem, se você diz, ela diz

e ela vai em direção a Olav e ao passar roça os longos e bastos cabelos grisalhos num dos braços dele e então o Velho ergue um dos braços e a deixa sair e ele olha para Olav

É isso o que acontece a um sujeito como você, Asle, ele diz

e o Velho entra e fecha a porta

Então você estava atrás da minha filha, diz o Velho

Você estava atrás da minha filha, mas não deu certo, em vez de se divertir você agora vai ser pendurado no Promontório com uma corda no pescoço, ele diz

É isso, é isso o que acontece a um sujeito como você, Asle, ele diz

Você é um assassino, ele diz

Você matou, eu sei muito bem, ele diz

E quem mata deve morrer, ele diz

Essa é a Lei, essa é a lei de Deus, ele diz

e ele pega uma chave e tranca a porta e se vira

Muito bem, ele diz

e dá uns passos em direção a Olav

Então o seu nome é Olav, ele diz
e ele pega o braço dele
Olav, sim, ele diz
O seu nome era Olav, ele diz
Nada mais, só Olav, ele diz
Olav, ele diz
É, diz Olav
E quando foi que você passou a se chamar assim, ele diz
Esse é o meu nome de batismo, diz Olav
Claro, claro, diz o Velho
Mas agora você precisa me acompanhar, ele diz
Venha comigo ou vou ter que empregar a força, ele diz
Por que eu acompanharia você, diz Olav
Você logo vai descobrir, diz o Velho
Eu quero saber antes de acompanhar você, diz Olav
Isso quem decide sou eu, diz o Velho
e ele solta o braço dele
Não, diz o Velho
Não, o melhor talvez seja esperar a chegada da Lei, porque ela foi buscar a Lei, ele diz
Você é jovem e forte e eu sou velho, ele diz
Talvez você quisesse fugir de mim, ele diz
Mas, enfim, a Lei não tarda, ele diz
e ele olha para Olav
Sabe o que espera você, ele diz
Não, você não sabe, ele diz
Você não sabe não, ele diz
Mas também não faz nenhuma diferença, ele diz

Pelo menos é o que eu penso, ele diz

e então ouve-se um barulho na porta e a Velha grita abra e o Velho destranca a porta e Olav vê que a Velha está lá e atrás dela tem um sujeito da idade dele e ele veste roupas pretas e atrás dele tem mais um sujeito, mais ou menos da mesma idade, e ele também veste roupas pretas

Aqui está ele, diz o Velho

e então os dois sujeitos se aproximam de Olav e põem os braços dele nas costas e prendem as mãos dele e o seguram, cada um por um braço, e então os sujeitos o levam em direção à porta e ele ouve o Velho dizer que é isso mesmo, é isso mesmo que devem fazer com ele, é isso o que eles devem fazer com Asle, de Dylgja, ele diz, e nem haveria como esperar outra coisa, porque quem mata deve morrer, está escrito, ele diz, e Olav se vira e ele vê que o Velho está na porta e os olhos deles se encontram e então o Velho diz que é isso o que acontece a quem não oferece um caneco, a quem, mesmo tendo uma cédula, não a divide com os outros, ele diz, porque assim as pessoas se veem obrigadas a ganhar de outra forma, com uma recompensa, será que Asle já ouviu falar a respeito disso, não, não, nunca, ele nunca deve ter ouvido falar a respeito disso, mas essas recompensas existem, ah se existem, ele diz, e então ele ri e Olav se vira para a frente e os dois sujeitos o levam escada abaixo até a rua e descem a rua depressa, um de cada lado dele, segurando os braços dele, e ninguém diz nada e ele pensa que talvez o melhor seja não dizer nada e mais adiante ele vê a Menina e ela o vê e diz ah não, não, é você, você que andava tão livre e tão bonito, ela diz, não, foi muito

bom rever você, ela diz, e então levanta o braço e o estende e lá, no braço dela, está o lindo bracelete, o mais lindo
bracelete em ouro o mais dourado que existe com pérolas
azuis as mais azuis que existem está no braço dela e ela fica lá com o braço levantado e acena para Olav e ela sorri
para ele, não, não, ele pensa, ela roubou o bracelete, ela
deve ter enfiado a mão no bolso dele, ele pensa, e aquilo,
aquilo que devia estar no braço de Åsta, naquele instante
brilha e reluz no braço da Menina, e ela se aproxima deles
e começa a andar ao lado deles e o tempo inteiro ela tem o
braço com o bracelete estendido e os longos cabelos loiros
dela ondulam e caem, ondulam e caem enquanto ela caminha e então ela diz que quase poderia dizer que tinha sentido vontade de tornar a vê-lo, ela diz, mas naquele momento, naquele momento ele já não tem muito valor, ela
diz, e o tempo inteiro ela tem o braço com o bracelete estendido em direção a ele, agora já não há muito o que fazer com ele, ela diz, mas quando ele for solto, ah, então ele
pode voltar, então ele pode voltar para ela, ela diz, ela tem
o braço com o bracelete estendido bem na frente dos olhos
dele e ela diz veja, veja que bonito, imaginar que você me
daria um bracelete tão bonito, ela diz, muito obrigada, muito obrigada mesmo, ela diz, eu sempre vou ser grata por isso, ela diz, e então ela diz que quando ele for solto, ah então ele vai ganhar um agradecimento pelo bracelete, ela
promete, então muito, muito obrigada pelo bracelete, ela diz,
e ele fecha os olhos e deixa que os dois sujeitos o levem para
onde quiserem e eles seguem rua afora e então ele ouve a
Menina gritar obrigada, obrigada pelo bracelete, enfim, ela

grita e ele não quer abrir os olhos e caminha à frente num ritmo constante e onde estará Åsta, onde estará o pequeno Sigvald, onde estarão Åsta e o pequeno Sigvald, pensa Olav, e ele caminha num ritmo constante, constante, sempre em frente, com os olhos fechados, e então vê Åsta à frente dele com o pequeno Sigvald junto ao peito, você, você está em frente à casa em Barmen, Åsta, minha querida Åsta, minha queridíssima Åsta, ele pensa, e então ele se ouve dizer que talvez fosse melhor se a partir daquele momento eles passassem a dizer que o nome dele era Olav e não Asle, ele diz, e Alida pergunta por que e ele diz que simplesmente acha que seria a coisa mais sensata a fazer, e também a mais segura, caso tentassem encontrá-los por um motivo ou outro, ele diz, e ela pergunta por que haveriam de tentar encontrá-los e ele diz que não sabe, mas chegou à conclusão de que realmente o melhor seria trocar de nome e então ela diz se você acha mesmo, então tudo bem, ela diz

Então agora eu sou Olav, e não Asle, ele diz

E eu sou Åsta, e não Alida, ela diz

e então ele diz que agora Olav vai entrar na casa e ela diz que Åsta vai entrar na casa e ele abre a porta e então os três entram

Mas o pequeno Sigvald pode continuar a se chamar Sigvald, ela diz

Claro, Åsta, ele diz

Olav, Olav, ela diz

e então ela ri

Åsta, Åsta, ele diz

124

e ele também ri
E o nosso sobrenome é Vik, ele diz
Åsta e Olav Vik, ele diz
Olav e Åsta e também o pequeno Sigvald, ela diz
Isso mesmo, ele diz
Mas quanto tempo você acha que podemos morar aqui,
ela diz
Com certeza bastante tempo, ele diz
Mas a casa deve ter donos, ela diz
Claro, deve sim, mas pode ser que os donos já tenham
morrido, ele diz
Você acha, ela diz
Encontramos a casa vazia, e já estava vazia antes da
nossa chegada, ele diz
Enfim, ela diz
É um bom lugar para morar, ela diz
Nós estamos bem aqui, ele diz
É, ela diz
E ainda temos bastante presunto, ele diz
Temos, ela diz
Sorte minha ter encontrado, ele diz
Encontrado, ela diz
Eles tinham o suficiente naquela propriedade, ele diz
Mas uma pessoa não pode roubar dos vizinhos, ela diz
As pessoas fazem o que têm que fazer, ele diz
Pode ser, ela diz
E o peixe eu mesmo vou pescar, ele diz
Mas e o barco, você não acha, ela diz
e ela se interrompe

O barco está bem amarrado, ele diz

Ah, nós vamos nos virar, ela diz

Eu e você vamos nos virar, ele diz

Eu e você e o pequeno Sigvald, ela diz

Åsta e Olav Vik, ele diz

E Sigvald Vik, ela diz

Tudo está bem, ele diz

e então ele diz que um dia qualquer pretende ir até Bjørgvin, porque tem assuntos a resolver por lá, ele diz

Você precisa mesmo, ela diz

Não, não, mas eu quero fazer compras por lá, ele diz

Talvez você não devesse ter vendido o violino, ela diz

Como vendi o violino, agora eu posso fazer compras em Bjørgvin, ele diz

Mas, ele diz

O quê, ela diz

Nesse dia também precisamos ter o que comer, ele diz

É, e também em praticamente todos os outros dias, ela diz

É verdade, ele diz

e então Olav diz que ele talvez deva ir a Bjørgvin hoje mesmo, ele passou um tempo pensando no assunto e hoje é o dia, ele diz, e Åsta diz que não, não agora, ela vai ficar sozinha em Barmen e isso não é nada bom para ela, muita coisa pode acontecer, muita gente pode aparecer, ela não gosta de ficar sozinha, ela diz, tudo é muito melhor quando os dois estão juntos, ela diz, e Olav diz que ele pretende voltar o mais breve possível, ele vai se apressar, ele vai o mais rápido possível comprar o que havia pensado em comprar e logo volta para ela com aquilo que comprou, ah ele não vai ficar muito tempo longe, ele diz, e ela diz que talvez ela e o pequeno Sigvald possam ir junto, e ele diz que podem, claro, era o que ele mais gostaria, mas tudo vai ser mais rápido se ele for sozinho, ele diz, se os dois forem juntos, levando o pequeno Sigvald, vai levar um bom tempo para chegar a Bjørgvin, mas se ele for sozinho não vai ser preciso tanto tempo, ele vai se apressar, tanto quanto for possível ele vai se apressar para voltar logo para ela e para o pequeno Sigvald, ele diz, e Åsta diz que tudo bem, é verdade, mas então ele tem que prometer que não vai sequer olhar para as meninas de Bjørgvin, ela diz, e tampouco conversar com elas, porque aquelas meninas só têm uma ideia na cabeça uma única ideia fixa e mais nada e elas andam de um lado para o outro atrevidas e cheias de fogo e falam mal de todo mundo, ah, ele tem que prometer, ele não pode falar com as meninas, ela diz, e Olav diz que não é para falar com as meninas que ele está indo a Bjørgvin e ela diz que sabe muito bem disso, mas assim mesmo, não é o que ele quer que a incomoda, não, nada disso, são as meninas de lá, e as vontades que têm, e o poder que têm o que a incomoda, porque as meninas de Bjørgvin sabem o que querem, elas não estão para brincadeira, ela diz, e então diz que ele não pode ir, não pode fazer uma coisa daquelas, ela já o imagina com outra menina, e é uma menina bonita, uma menina de longos cabelos loiros, ah, que horror, ela diz, uma menina bonita e terrível, de cabelos muito loiros, e de olhos muito azuis, não uma menina de cabelos pretos como ela, não uma menina de olhos castanhos como ela, ah, que horror, diz Åsta, e ela diz que não, ele não pode ir a Bjørgvin hoje, tudo há de dar errado para eles se ele for, uma coisa errada há de acontecer, uma coisa terrível, uma coisa realmente terrível, nesse caso uma coisa que ela nem ao menos se atreve a pensar há de acontecer, uma coisa insuportável, uma coisa que haveria de destruir tudo, ele não voltaria mais, exatamente como o pai Aslak tinha ido embora ele também haveria de ir embora, embora para sempre, é o que ela sente, é o que ela sabe, é o que ela sente com toda a certeza, é o que ela sabe com toda a certeza, ela precisa dizer para ele, ela não pode se calar, aquilo precisa ser dito, ela diz, e então ela pega a mão dele e segura a mão dele e diz que ele não pode deixá-la, porque ela nunca mais haveria de vê-lo, ela diz, e ele diz que não, ele precisa ir a Bjørgvin hoje, o caminho é longo e hoje o tempo está bom, não venta, não chove, ela mesma pode ver que o fiorde reluz em silêncio, que o fiorde está azul, e o tempo está ameno, hoje é o dia de ir a Bjørgvin, ele tem certeza, e se alguém aparecesse e perguntasse qual é o nome dele, ou qual é o nome dela, ela diria que o nome dele é Olav e o nome dela é Åsta, foi assim que eles decidiram, e se perguntassem de onde eles eram, ela tampouco precisava dizer que eles eram de Dylgja, ele diz, e ela pergunta de onde ela devia dizer que eles são e ele diz que eles são de um lugar nos arredores de Bjørgvin, um lugar ao norte, chamado Vik, porque deve haver um lugar a norte de Bjørgvin com esse nome, ele diz, e ela diz muito bem, então ela é de Vik, o nome dela é Åsta e ela vem de Vik e portanto o nome completo dela é Åsta Vik e ele diz que sim, é isso mesmo, e o nome completo dele é Olav Vik. E agora esses são os nomes deles. Agora eles se chamam Åsta e Olav Vik, eles são casados e têm um filho chamado Sigvald Vik. Eles são casados na igreja e o filho Sigvald mais tarde foi batizado lá, e eles ainda não têm alianças, mas isso logo se arranja, é isso o que ela deve dizer, ele diz

Muito bem, Olav Vik, ela diz

Estamos combinados, Åsta Vik, ele diz

e eles sorriem um para o outro e agora, ele diz, agora ele, Olav Vik, vai a Bjørgvin, porque ele tem um assunto a resolver e quando o assunto estiver resolvido ele vai fazer uma linha reta até em casa para estar com ela e com o pequeno Sigvald, ele diz

É o que você deve fazer, ela diz

É o que eu devo fazer, ele diz

e então Åsta vê que ele está lá na porta e ele sorri para ela e fecha a porta depressa e ela mais uma vez está sozinha, ela e o pequeno Sigvald, e ela sente, com todo o ser, que nunca mais vai tornar a ver Olav, e ele não pode ir, ele não pode ir a Bjørgvin hoje, ela pensa, mas ela já disse isso para ele, ela já disse o que sabe, mas ele não a ouve, ela pode dizer o que bem entender, mas nem assim ele ouve o que ela diz, e ela não quer sair, não quer vê-lo enquanto a deixa, não quer vê-lo pela última vez, porque naquele momento ela viu o marido dela, o amor dela, pela última vez, ela pensa, e a partir daquele momento o nome dela é Åsta, e o nome dele é Olav, e pela última vez ela viu seu Olav, com ele aconteceria o mesmo que com o pai Aslak, ele também saiu e foi embora para sempre, e naquele momento ela havia ficado sozinha, ela e o pequeno Sigvald estão agora a sós, e assim hão de permanecer, a partir de agora são apenas os dois, pensa Åsta, e então o pequeno Sigvald começa a chorar e ela o pega nos braços e o embala, ela está lá com ele junto ao peito e ela o embala de um lado para o outro e ele chora que chora e ela o embala de um lado para o outro e diz não chore, não chore querido, ela diz, não chore, não se molhe, não se alegre, não amole, fique quieto, esta é a sua casa, esta é a casa da mãe e do pequeno Sigvald, é aqui que vão viver, é aqui que vão morar, e aqui vão trabalhar, e a mãe há de bordar, e o Sigvald navegar, no mar, no barco seu, então não chore, tudo vai ficar bem, e um dia há de vir um castelo, ah, um dia há de vir o castelo, ela diz, e Sigvald para de chorar e Olav faz um movimento brusco e os sujeitos que lhe seguram os braços também fazem um movimento brusco e então dizem o que você está tentando fazer, por acaso ele pensa que é fácil fugir, não, ele precisa se acalmar, em pouco tempo ele já não vai mais se debater daquele jeito, logo ele vai estar imóvel e morto como merecem aqueles que matam os outros, um assassino deve ser punido com a morte, ele já não tem muito tempo para se debater, não, disso o Verdugo logo há de se encarregar, ele entende dessas coisas, o Verdugo, ele é um mestre em fazer com que aquele tipo de sujeito pare de se debater, eles dizem, e eles dizem que tudo isso é certo e garantido, então ele pode se aquietar de uma vez por todas, ele vai ao Promontório e ao redor dele muita gente há de se reunir, praticamente todos os moradores de Bjørgvin hão de se reunir e vê-lo enforcado lá, toda a população de Bjørgvin há de vê-lo enforcado lá, e quando ele estiver morto e não puder mais se mexer eles hão de vê-lo enforcado lá e depois hão de vê-lo morto e enrijecido no chão com o pescoço quebrado, ah se vão, então o melhor é parar de uma vez por todas com aqueles movimentos bruscos, não faltaria oportunidade para fazer movimentos bruscos e bater as pernas e os braços quando o Verdugo o pendurasse, nessa hora ele poderia fazer movimentos bruscos e se debater o quanto quisesse, mas até lá seria melhor não fazer movimentos bruscos nem se debater, eles dizem, e então eles o puxam com um movimento brusco e ele não consegue acompanhá-los e cai de joelhos e eles continuam a puxar e o arrastam de joelhos ao longo da rua e aquilo machuca e ele consegue se pôr mais uma vez de pé e então eles caminham em frente num ritmo constante e dizem que logo vão chegar e eles dizem que é isso mesmo, ainda bem, porque assim não precisariam mais arrastar um traste como aquele, eles poderiam enfim se ver livres dele, bastaria trancafiá-lo na Cela e trancar a porta bem trancada, e assim teriam feito a parte deles, e outros poderiam assumir, eles dizem, e em poucos dias o Verdugo estaria pronto, e então a justiça seria feita, à vista de todos, diante de todas as pessoas de Bjørgvin, lá no Promontório, a justiça seria feita, e eles estão trabalhando para que assim seja feito, para que a justiça seja feita, sempre justiça, e a justiça é feita quando o Verdugo faz a parte dele, nessa hora a justiça está feita, eles dizem, e de repente fazem uma curva brusca à direita, e dizem que agora ele vai ser posto na Cela e dizem que ora foi bom que no fim ele tivesse sido capturado, tudo graças àquele velho imprestável, ele teria mais a fazer como verdugo agora, eles dizem, e então fazem mais uma curva brusca à direita e descem uma escada íngreme e Olav olha para cima e vê a rocha preta e úmida e eles o arrastam escada abaixo e quando chegam lá embaixo é tão escuro que ele não enxerga quase nada, apenas uma mancha cinza ou preta que deve ser uma porta na frente dele, e então eles param e tudo fica em silêncio. E o homem à frente de Olav o solta. E então ele ouve um tilintar e vê que o homem à frente dele se inclina em direção à porta e remexe e pragueja e enfia a chave na fechadura e então consegue abrir a porta

Não é fácil nessa escuridão toda, ele diz

Mas enfim deu, ele diz

Enfim deu, ele diz

e o homem à frente de Olav entra porta adentro e o homem logo atrás puxa o braço dele e Olav apoia o pé no primeiro degrau e depois no próximo e assim ele entra porta adentro

É aqui que você vai morar agora, durante o tempo que lhe resta, diz um deles

Durante o tempo que lhe resta você vai ficar aqui, diz o outro

E é justo que seja assim, ele diz

Sujeitos como você não podem viver, ele diz

Um assassino como você tem que morrer, diz o outro

e Olav fica lá parado e os dois sujeitos saem e fecham a porta à frente dele e ele ouve o tilintar das chaves e ouve a porta ser trancada mais uma vez e então fica lá parado e ele põe as duas mãos contra a porta e simplesmente fica lá parado sem pensar em nada, tudo é vazio e nem a alegria nem a tristeza poderiam alcançá-lo e então ele deixa uma mão escorregar para longe da porta em direção a uma pedra e a pedra está úmida e ele deixa a mão escorregar ao longo da pedra e também deixa a outra mão escorregar ao longo da pedra e então uma das pernas dele se bate contra uma coisa e ele baixa a mão e aquilo deve ser um banco e ele se ajeita e se acomoda com todo o cuidado e ele tateia e então se deita e fica lá deitado no banco e ele olha para a frente em direção à escuridão vazia, e ele está vazio, vazio como a escuridão mais vazia, e ele fica lá deitado, simplesmente deitado, ele fica lá deitado e continua deitado e fecha os olhos e então sente a mão de Alida no ombro e se vira e ele a abraça e a puxa para junto de si e ele ouve a respiração dela num ritmo constante e ela também está lá deitada e dorme com a respiração num ritmo constante e o corpo dela é quente e ele estende a mão e sente que ao lado dela está o pequeno Sigvald e ele também ouve a respiração dele, num ritmo constante, e ele leva a mão à barriga de Alida e fica lá deitado, tranquilo, e ele não se mexe e escuta a respiração dela num ritmo constante e ele se vira e sente que está com frio, e ele está com calor, ele está com frio e com calor, ele tem o corpo frio e suado, ele sente, e Alida, onde está Alida, e o pequeno Sigvald, onde está o pequeno Sigvald, e está escuro, e tudo está úmido, ele está suando, e será que está dormindo ou acordado, e por que ele está lá, por que ele precisa estar lá, por que ele está lá na Cela, e a porta está trancada, e Alida, será que ele nunca mais vai tornar a ver Alida, e o pequeno Sigvald, será que ele nunca mais vai tornar a ver o pequeno Sigvald, e por que ele está lá na Cela, e ele está com muito calor, e ele está com muito frio, e ele está dormindo, talvez, ele está acordado, talvez, ele está com calor, ele está com frio e ele abre os olhos e há uma vigia na porta e um pouco de luz entra e ele vê a porta e vê as grandes pedras, pedra sobre pedra, e ele se levanta e vai até a porta e leva a mão à maçaneta e a porta está trancada e ele apoia todo o peso e empurra a porta e a porta está trancada, e onde está Alida, onde está o pequeno Sigvald, ele está com frio, ele está suando e olha para fora da vigia e tudo o que vê são as pedras da escada, e será que ele está lá há muito tempo ou será que acaba de chegar, será que ele vai ficar lá por muito tempo ou será que logo vai ser levado para a luz do dia, será que logo ele vai andar pelas ruas e voltar para casa, para Alida e para o pequeno Sigvald, Alida e o pequeno Sigvald, e ele, Asle, os três, ele pensa, mas o nome dele já não é mais Asle, o nome dele é Olav, e talvez já nem disso ele se lembrasse, o nome dele é Olav, o nome de Alida é Åsta e o nome do pequeno Sigvald é Sigvald, e ele tem um sobressalto porque ouve passos e então ouve uma chave na fechadura e ele senta-se no banco e não deve ser o Verdugo que veio buscá-lo, será que poderia ser, não ele há de voltar para Åsta e para o pequeno Sigvald, ninguém vai pôr uma corda no pescoço dele e pendurá-lo, claro que não, aqueles sujeitos que pensem o que bem quiserem, mas uma coisa dessas nunca vai acontecer, pensa Olav, e ele se deita no banco e olha para a frente e

então vê que a porta se abre e na Cela entra um homem,
ele não é muito grande, e é meio recurvado, encolhido, e
na cabeça tem uma touca cinza e ele simplesmente chega
mais perto e olha para Olav e ele vê que é o Velho
Aqui está o assassino, ele diz
com uma voz fina e esganiçada
Mas logo a justiça vai ser feita, Asle, ele diz
Quem mata tem que morrer, ele diz
e o Velho olha para ele com os olhos apertados e então
pega como que um saco preto e o coloca na cabeça, e assim
fica parado no vão da porta, e depois ele tira o saco
Você viu, Asle, ele diz
e aperta os olhos
Eu achei que você devia saber quem eu sou, quem é o
Verdugo, ele diz
Eu simplesmente achei que você merecia saber, ele diz
Você não acha, Asle, ele diz
Você não concorda, ele diz
Ah, você deve concordar, claro, ele diz
Eu quase não consigo imaginar outra coisa, ele diz
e então o Velho se vira e Olav escuta-o dizer que eles
podem ir e então chegam os dois sujeitos que o levaram
até a Cela e se postam lá, um de cada lado do Velho, logo
atrás dele
Chegou o dia e a hora, diz o Velho
Eu estou aqui, ele diz
O Verdugo está aqui, ele diz
e então com um grito ele ordena que o peguem e os
dois sujeitos entram na Cela e vão até o banco e pegam Olav
um em cada ombro e o erguem no banco

Levante-se, diz o Velho

e Olav se levanta e então sente um puxão em cada braço e eles põem os braços dele nas costas e prendem as mãos dele

Agora vamos, grita o Velho

e Olav dá um passo à frente

Vamos, ele grita outra vez

E os dois sujeitos tornam a segurar Olav

Agora a justiça vai ser feita, diz o Velho

e então os sujeitos vão em direção à porta com Olav entre si, eles seguram-no cada um por um braço, e então saem e começam a subir a escada e quando chegam lá em cima eles param e então Olav vê que o Velho fecha a porta da Cela e também sobe a escada e se posta na frente deles e olha para Olav

Agora a Lei vai ser aplicada, diz o Velho

Chegou a hora da justiça, ele diz

Levem-no ao Promontório, ele grita

Vamos, ele grita

e então o Velho começa a caminhar com longos passos num ritmo constante rua afora e ele abana o saco preto e os dois sujeitos puxam Olav pelos braços e assim ele caminha, entre os dois sujeitos, e atrás do Velho, rua afora, e então as pessoas gritam o Verdugo, o Verdugo está aqui, agora a justiça vai ser feita, agora os mortos vão ser honrados, agora os mortos vão ter justiça, as pessoas gritam, e Olav estende os dedos e não há ninguém por lá, ele não conhece ninguém, onde está você, onde está você, Alida, ele pensa, e estende os dedos ainda mais e o pequeno Sigvald não

136

está por lá, e onde eles estão, onde estão Alida e o pequeno Sigvald, ele pensa, e ele vê que o Velho abana o saco preto e grita venham, venham agora, venham ver a justiça ser feita, ele grita, agora a justiça vai ser feita, podem vir, ele grita, e Olav vê que as pessoas começam a se reunir em torno do Velho e também dele próprio

Venham, venham, diz o Velho

Agora a justiça vai ser feita, ele grita

Vamos, ele grita

Agora a justiça vai ser feita no Promontório, ele grita

Venham, venham todos, ele grita

Vamos, ele grita

e Olav vê que já há muita gente reunida, ele agora é parte de todo um cortejo, e então ouve Alida dizer você não vai acordar logo e ele a vê lá no chão e ela está vestida apenas pela metade e ele se levanta e lá no chão vê o pequeno Sigvald engatinhando e ele está quase pelado e ele ouve o Velho gritar venham, venham agora e Olav sente que está com frio, ele está com calor, e tudo é vazio e ele fecha os olhos e simplesmente caminha em frente e ouve gritos e berros e urros e talvez já nada mais exista, tudo o que deve existir agora é o flutuar, nada de alegria, nada de tristeza, agora resta apenas o flutuar, o flutuar que é ele, o flutuar que é Alida, ele pensa

Eu sou Asle, ele grita

E ele caminha de olhos fechados

Você é Asle, sim, diz o Velho

Por acaso não foi o que eu disse esse tempo todo, ele diz

Mas você não queria mais se chamar Asle, ele diz

Mentiroso, ele diz

e Asle tenta ser aquilo que ele sabe que é, um flutuar, e esse flutuar chama-se Alida, e ele quer simplesmente flutuar, pensa Asle, e ele ouve gritos e berros e então eles param

Chegamos ao Promontório, diz o Velho

e Asle abre os olhos e lá, mais à frente, lá está Alida e junto ao peito ela traz o pequeno Sigvald e ela o embala, de um lado para o outro, você só precisa dormir, só precisa flutuar, só precisa viver, e também se alegrar, seja o próprio candor, um leal sonhador, você só precisa ser, diz Alida, e ela embala o pequeno Sigvald de um lado para o outro e depois embala Asle de um lado para o outro e Asle vê o fiorde e o fiorde reluz em azul, hoje o fiorde reluz em azul, ele pensa, e o fiorde está totalmente em silêncio, ele pensa, e lá, atrás de Alida, está Åsgaut de Vika e ele acena para Asle e pergunta se o nome dele é Asle ou Olav e se ele é de Dylgja ou de Vik e então se ouvem gritos e berros e então a Menina chega correndo e se aproxima de Alida e estende o braço com o bracelete em direção a Alida e então a Menina olha para Asle e ergue o braço com o bracelete no ar e acena para ele e atrás da Menina, do lugar onde ela acena com o bracelete, Asle vê o Joalheiro chegar caminhando, devagar, devagar, com as roupas mais elegantes, ele chega caminhando em direção a Asle e logo atrás do Joalheiro a Velha chega caminhando e ela ri por trás dos longos e bastos cabelos grisalhos e os cabelos dela chegam cada vez mais perto e tudo o que ele vê são os longos e bastos cabelos grisalhos dela e ele vê muitos rostos, uma infinidade de ros-

138

tos, mas não reconhece nenhum, e que fim levou Alida, e que fim levou o pequeno Sigvald, eles estavam lá ainda há pouco, ele os viu, mas onde estão agora, pensa Asle, e então um saco preto é colocado na cabeça dele e então uma corda é posta no pescoço dele e ele ouve gritos e berros e sente a corda no pescoço e então ouve Alida dizer aí está você, querido, você é o menino mais querido do mundo, ah, se é, e eu estou aqui, não pense, não tenha medo, querido, diz Alida, e Asle é um flutuar, ele é um flutuar e então tudo flutua em direção ao fiorde que reluz em azul e Alida diz agora durma, querido, você só precisa dormir, só precisa flutuar, só precisa viver, só precisa tocar, querido, e então tudo flutua em direção ao fiorde que reluz em azul e para cima rumo ao céu azul e Alida pega a mão de Asle e então ele se levanta e então ele fica lá parado segurando a mão de Alida

REPOUSO

Ales puxa o cobertor de lã para junto de si, pois está meio frio, ela pensa, na cadeira onde está sentada, olhando para a janela quase toda coberta pelas finas cortinas brancas, a luz entra apenas por uma pequena fresta bem na parte de baixo, ela olha sem ver, por assim dizer, e ela vê que alguém passa em frente à janela, e quem seria, ela não consegue ver, mas alguém passou, isso ela viu, e era lá que ela morava naquele momento, ela pensa, numa casinha tão próxima da estrada quanto seria possível, e era numa casinha como aquela que ela havia de viver a vida, ela pensa, e se não fosse pelas cortinas todos poderiam vê-la onde está sentada, ela pensa, e talvez possam vê-la mesmo agora, onde está sentada, não de maneira clara, mas apenas que há uma pessoa sentada lá deve ser possível ver, ela pensa, mas por acaso importa que alguém a veja sentada lá?, ora, é claro que não, ela pensa, é claro que não importa nem um pouco, ela pensa, não tem importância nenhuma, ela pensa, nenhuma, e então ela tenta ajeitar o cobertor de lã ainda mais perto do corpo e pensa você é Ales, você é a velha Ales, sim, ela pensa, porque agora você também está velha, Ales, ela pensa, e agora você está sentada na sua cadeira tentando manter a casa aquecida, ela pensa, e então ela pensa que devia se levantar e colocar mais lenha na estufa e ela se põe de pé e vai em direção à estufa e abre a portinhola da estufa e coloca um pouco de lenha na estufa e então volta para a cadeira, senta-se, estende o cobertor ao redor do corpo, puxa-o para junto de si e fica lá sentada, olhando para a frente, para a janela, ela olha para a janela da sala sem ver, por assim dizer, e ela vê Alida, a mãe dela, sentada na sala dela em Vika exatamente como Ales está agora sentada em sua sala e ela vê que Alida se levanta, devagar e rígida, e caminha devagar, com passos curtos, ao longo do cômodo, mas para onde ela está indo?, para onde ela vai?, será que vai sair?, será que vai até a estufa do canto?, e Ales também se levanta e caminha com passos curtos e rígidos e então Ales vê que Alida abre a porta que dá para a cozinha e então abre a porta que dá para a cozinha e Alida entra na cozinha dela e Ales entra na sua cozinha

Eu também estou velha, diz Ales

Os anos passam depressa, ela diz

E eu nunca vi Alida velha, não enquanto ainda era viva, mas agora eu a vejo toda hora, ela diz

Não consigo entender, ela diz

Eu estou velha, ela diz

Velha, sim, ela diz

Eu não devo falar, ela diz

E eu com frequência ando sozinha por aqui, mas de vez em quando me fazem uma visita, um dos meus filhos, um dos meus netos, talvez, ela diz

Porém no mais, no mais eu ando por aqui, com passos curtos, eu ando por aqui falando sozinha, ela diz

e Ales vê Alida sentar-se na cadeira junto à mesa da cozinha dela e Ales vai e senta-se na cadeira junto à mesa de sua cozinha, de sua boa cozinha, pensa Ales, aquela cozinha é o lugar mais aconchegante da casa, ela pensa, ela sempre pensa assim, ela pensa assim com frequência, sempre, sempre pensa que a cozinha é o cômodo mais aconchegante da casa, pensa Ales, a cozinha dela não é lá muito grande, mas ela sente aconchego naquela cozinha dela, ela pensa, e ela tem mesa e cadeiras, armário e fogão, exatamente como a mãe dela tinha, num dos cantos da casa dela fica o fogão preto onde ela acendia o fogo, para aquecer, e naquele momento a comida seria preparada, e ela tem um fogão muito parecido com o fogão da mãe, e além disso a mesa no meio da cozinha, o banco ao longo da parede, e além disso a sala e o sótão, o sótão que ela tão bem recordava, era lá que elas dormiam, ela e a Irmã Caçula, mas isso, isso tudo se passou há muito tempo, já há coisas que não existem mais, coisas que por assim dizer jamais existiram mesmo que tenham e a Irmã Caçula está lá deitada pálida e distante e nunca aquele rosto pálido, aquela boca aberta, os olhos semicerrados vão desaparecer para ela, ela sempre pode vê-los, porque a Irmã Caçula adoeceu e morreu, e tudo aconteceu muito depressa, num dia ela estava viva e alegre e então ela adoeceu e morreu, e o irmão mais velho, Sigvald, na verdade o meio-irmão, que foi embora quando ela ainda era uma menina e nunca mais voltou, e ninguém sabia o que tinha sido feito dele, mas ele tocava violino, e ela nunca tinha ouvido ninguém tocar violino melhor do que o meio-irmão Sigvald, ah, como ele sabia tocar, e era praticamente a única lembrança que ela tinha dele, e o pai dele tocava violino também, o pai sobre quem tinha ouvido histórias, ele, de nome Asle, ele que tinha sido enforcado em Bjørgvin, não, imaginar que enforcavam pessoas naquela época, antigamente, que pudessem fazer uma coisa dessas, que as coisas fossem assim, ela pensa, e a mãe que era recasada com o pai dela, Åsleik, sim, assim eram as coisas, era o que diziam e contavam, e o pai, que tinha o nome de Åsleik mas era chamado de Viken, porque era o proprietário do lugar em Vika, com casa, celeiro, abrigo de barcos, trapiche, barco, ele era o proprietário de tudo, ele tinha conseguido tudo, ele era um sujeito de iniciativa, e depois Alida foi trabalhar lá como criada, e consigo tinha levado o filho Sigvald, que tivera com Asle, o músico enforcado, assim tinha sido, ela foi para lá depois que Asle foi enforcado, ou pelo menos era o que diziam, mas a própria mãe nunca tinha falado a respeito, ela nunca quis dizer nada sobre Asle nem sobre o que tinha acontecido, pensa Ales, ela tinha feito insinuações nesse sentido, não tinha chegado a perguntar, mas tinha feito insinuações, por assim dizer, e a mãe se manteve quieta e se afastou, que ela lembrasse não houvera sequer uma única vez em que o nome Asle tivesse sido mencionado pela mãe, foram outras pessoas a contar para ela, e essas outras pessoas estavam dispostas a falar sobre o assunto sempre que possível, era como se todos quisessem contar para ela que tipo de homem a mãe tinha arranjado para si, e o que era verdade e o que não era verdade daquilo que ela ouviu, seria difícil dizer, claro, porque muito se falava e muito se dizia a respeito de Asle em Dylgja, que ele tinha sido músico, que o pai dele também tinha sido músico, e que ele havia pegado a mãe dela à força e a engravidado, ainda quando ela era menina, e que a havia levado embora depois de matar a mãe dela, ou seja, a avó dela, era isso o que diziam, mas se era verdade, bem isso ninguém sabia, e não podia ser assim, essas eram apenas coisas que as pessoas imaginavam e diziam, pensa Ales, e então ele matou, segundo as pessoas diziam, esse era o boato que corria, um rapaz da mesma idade dele para roubar o barco dele, isso teria acontecido no abrigo de barcos onde o pai dele havia morado, em Dylgja, e depois, em Bjørgvin, ele talvez houvesse matado várias outras pessoas antes de ser capturado e enforcado, era o que as pessoas diziam, mas verdade não podia ser, Alida, a mãe dela, nunca teria arranjado para si um homem desses, uma pessoa desumana dessas, nunca na vida, não era possível, ela conhecia a mãe Alida o suficiente para saber que não, nunca ela teria ficado com um assassino desses, pensa Ales, e se havia pessoas assim, assassinos assim, então era justo que existissem patíbulos, diziam as pessoas, e ainda deviam existir patíbulos, pelo menos um em cada vizinhança, diziam, e o que era verdade e o que não era ver-

147

dade sobre o que Asle tinha ou não tinha feito, não, ela não sabia, mas assassino ele não pode ter sido, ele era pai do irmão mais velho dela, do meio-irmão, de Sigvald, pensa Ales, ele jamais poderia haver tirado a vida da avó dela, porque também diziam que a avó fora encontrada morta na cama pela manhã e ela podia ter morrido como as pessoas muitas vezes morrem, pode simplesmente não ter acordado pela manhã, calma e tranquila, e pode ter sido uma morte boa e totalmente comum, claro, deve ter sido assim, pensa Ales, e ela pensa que não pode simplesmente ficar lá sentada, ela pensa, sempre há uma coisa ou outra a fazer, uma tarefa ou outra, ela pensa, e ela olha para a janela da cozinha e lá vê Alida, no meio do cômodo, defronte a janela, nítida como se fosse possível colocar a mão no ombro dela, e será que ela tenta fazer isso, pensa Ales, não, não ela não pode fazer uma coisa dessas, não pode tocar na mãe morta há tanto tempo, pensa Ales, ah ela está virada numa velha, ela pensa, já não se pode mais contar com ela, já mal se pode falar com ela, mas ficar lá parada, ah, isso Alida faz, irritada como sempre, indignada como sempre, pensa Ales, e será que ela deve tomar coragem e falar com ela, muitas vezes ela pensou em perguntar para a mãe se é verdade o que dizem, que ela entrou mar adentro, ela não acredita naquilo, mas é o que dizem, que foi isso que ela fez, e que ela foi encontrada na orla, dizem, mas será que ela pode ficar lá conversando com uma pessoa há muito tempo morta, não, ela ainda não está louca a esse ponto, a despeito do que pensem e digam a seu respeito, e a despeito do que pensem e digam esses filhos dela, ela sabe muito bem o que eles dizem uns para os outros, e talvez para outras pessoas também, que ela está velha demais para morar sozinha, isso eles dizem, ora mas nenhum deles quer tê-la morando consigo, pelo menos ninguém disse para ela que gostaria, e eles já têm cada um os seus assuntos a cuidar, mas ela continua lá, Alida, ela pensa, ah se têm, cada um tem os seus assuntos a cuidar, imagine que ainda tivessem de se incomodar com ela, e afinal por que a mãe dela, Alida, está lá defronte a janela, defronte a janela da cozinha dela, pensa Ales, porque se a mãe estava na cozinha dela, então ela devia ir direto para a sala, pensa Ales, porque ela não pode ficar no mesmo recinto que a mãe há muito tempo morta, pensa Ales, e ela vê Alida se virar e olhar bem para ela e Alida pensa que a menina dela, a mininha dela, a querida, querida mininha dela também havia envelhecido, ah, que também para ela os anos passassem depressa, assustadoramente depressa, ela pensa, mas ela tinha tido filhos, Ales, seis filhos, e todos haviam crescido e se virado e estavam bem, todos, as meninas e os meninos, então tudo deu certo com a filha dela, pensa Alida, e ela vê a pequena Ales subir para o sótão na sala em Vika e então ela para no último degrau da escada e olha bem para ela e então diz boa noite mãe e Alida diz boa noite para você também filha, minha filha querida, a melhor filha do mundo, diz Alida, e então Ales sobe e desaparece na escuridão do sótão, debaixo das cobertas, no canto dela. E então Alida fica lá. E então Alida sai da sala e vai e posta-se junto à porta, e lá embaixo junto ao barco ela vê Åsleik, ele não é muito grande, e ele não é muito forte, mas os cabelos são grandes, e a barba é grande, e a barba ainda é preta, mesmo que tanto os cabelos como a barba estejam grisalhos aqui e acolá, como também os cabelos pretos dela própria, pensa Alida, e ela o vê lá, Åsleik, olhando para o barco dele, ele deve estar cogitando uma coisa ou outra, pensa Alida, ele foi bom para ela, Åsleik, ela pensa, o que teria sido dela e do pequeno Sigvald se eles não tivessem encontrado Åsleik quando estavam lá sentados, prostrados e miseráveis no Cais de Bjørgvin, ela com as costas apoiadas numa casa de barcos, ambos estavam lá sentados, totalmente famintos e prostrados, mas Åsleik estava lá, de repente ele simplesmente estava lá, ele estava na frente dela e olhou para ela

Ora Alida é você, disse Åsleik

e Alida ergueu o rosto

Você não se lembra de mim, ele disse

e Alida tentou lembrar quem era aquele

Åsleik, ele disse

Eu sou Åsleik, de Vika, ele disse

Vika, em Dylgja, ela disse

Isso mesmo, ele disse

e então ele simplesmente ficou lá parado sem dizer nada

Não, é verdade que não nos vimos muitas vezes, eu sou bem mais velho do que você, mas eu lembro de você desde quando você ainda era menina, ele diz

Eu era adulto e você menina, ele diz

Você não se lembra de mim, ele diz

Lembro, lembro, diz Alida

e decerto ela se lembrava de Åsleik, mas não como nada além de um dos adultos que ficavam lá conversando, e ela lembra que ele morava em Vika, ele e a mãe, porém não muito mais do que isso, ela pensa, porque ele era mais velho do que ela, talvez vinte e cinco anos mais velho, coisa assim, talvez mais, então ele estava no grupo dos adultos, ela pensa

Mas por que você está aí sentada, diz Åsleik

Num lugar ou outro uma pessoa tem que sentar, diz Alida

Você não tem onde morar, ele diz

Não, ela diz

Você mora na rua, ele diz

Eu preciso, já que não tenho casa, diz Alida

Você e o seu filho, ele diz

É, a gente precisa, ela diz

E você está magra, também não tem comida para comer, ele diz

Não, ela diz

Hoje eu não comi nada, ela diz

Mas então se levante, venha comigo, ele diz

e Åsleik pega-a por baixo do braço e a ajuda a se pôr de pé e então Alida fica lá de pé com o pequeno Sigvald no braço e aos pés dela estão as duas trouxas que ela traz consigo e Åsleik pergunta se aquelas são as coisas dela e ela diz que sim e ele as levanta e então diz venha e eles seguem pelo Cais de Bjørgvin, Åsleik de Vika e Alida com o pequeno Sigvald no braço caminham lado a lado pelo Cais de Bjørgvin e nenhum deles diz nada e então Åsleik entra num

151

beco e Alida o segue e ela vê as pernas curtas dele darem longos passos, e ela vê as abas do casaco preto dele por cima das pernas e vê o chapéu dele que desce pela nuca e nas mãos ele carrega as duas trouxas dela e então Åsleik para e ele olha para ela e então faz um aceno de cabeça em direção a um beco e então se põe a caminhar pelo beco e Alida o segue e junto ao peito ela tem o pequeno Sigvald e ele está dormindo um sono doce e tranquilo e então Åsleik abre uma porta e a segura aberta e Alida entra e ela olha para baixo e olha para cima e vê um espaço longo com várias mesas e sente o cheiro de carne defumada e de toucinho frito e o cheiro é tão bom que ela de repente sente as pernas fraquejarem, mas ela aperta o pequeno Sigvald junto ao peito e se recompõe, se recompõe, sim, e então fica lá, firme, mas um cheiro tão bom de comida ela nunca sentiu antes, pensa Alida, e por que Åsleik a levou até lá, como se ela tivesse dinheiro para pagar por aquela comida, ela não tem sequer uma única moeda, pensa Alida, e ela vê que as pessoas comem sentadas, e um cheiro tão bom de carne defumada e toucinho frito e ervilhas ela nunca sentiu antes, e nunca antes Alida sentiu tanta fome e tanta vontade de comer, nunca, segundo lembrava, mas ela, ah, por acaso ela tem com o que pagar, não, nada, ela não tem sequer uma única moeda, e as lágrimas enchem os olhos dela e ela começa a chorar lá onde está com os longos cabelos pretos, e com o pequeno Sigvald junto ao peito

Mas por que você está chorando, diz Åsleik

e ela não responde

Por nada, ela diz

Venha, vamos nos sentar, diz Åsleik

e ele ergue a mão e aponta para o banco da mesa mais próxima e Alida vai até lá e senta-se e ela sente que está quente lá dentro, quente e aconchegante, e há também aquele cheiro maravilhoso de carne defumada e toucinho frito e ervilhas, sim porque também há o cheiro de ervilhas cozidas, e se ela naquele momento tivesse com o que pagar, então ela teria pagado e comido e comido, pensa Alida, e ela vê Åsleik ir até o balcão e vê as costas dele, o longo casaco preto, o chapéu preto que desce pela nuca, e ela se lembra dele em Dylgja, é o que ela faz quando pensa mais um pouco, mas ela se lembra apenas do mínimo, ele é bem mais velho do que ela, um homem adulto, mas ela ainda se lembra dele e de outros sujeitos que também estão lá, com as mãos enfiadas nos bolsos das calças, é disso que ela se lembra, ele está lá falando com outros sujeitos, todos com chapéus que descem pela nuca e as mãos nos bolsos das calças, todos assim, pensa Alida, e ela vê Åsleik se virar e ele chega caminhando em direção a ela com dois pratos cheios de carne defumada e toucinho frito e ervilhas e batatas e rutabaga e bolinhos de batata cozidos, porque também há bolinhos de batata cozidos no prato, não, você devia ter visto, pensa Alida, não, quem poderia imaginar que ela ainda veria um dia como aquele, e ela vê que tanto a boca como os grandes olhos azuis de Åsleik sorriem, todo ele é um grande sorriso, todo aquele homem, e os pratos brilham e fumegam e todo o rosto de Åsleik está como que dourado quando ele larga um prato à frente de Alida e põe um garfo e uma faca nos lados do prato e então diz que aquele era

153

o momento de os dois aproveitarem uma boa comida, pelo menos ele estava com fome, e ela realmente parece bem esfomeada, diz Åsleik, e ele larga o outro prato no lado oposto da mesa e põe um garfo e uma faca nos lados do prato e Alida coloca o pequeno Sigvald no colo

Essa carne e esse toucinho vão cair muito bem, diz Åsleik

Ah se vão, ele diz

E os bolinhos de batata também, ele diz

Faz muito tempo que não como esse tipo de comida, ele diz

A melhor comida do mundo é a que você come aqui na Cantina, ele diz

Mas precisamos também de uma bebida, ele diz

A comida sozinha não serve, ele diz

e Alida não pode esperar de tanta fome que sente, ela não consegue ficar sentada olhando para toda aquela boa comida à frente dela e corta um pedaço generoso da carne defumada e o leva à boca e que sabor, é como se os olhos dela fossem estourar de tão bom que é aquilo, e então ela precisa experimentar os bolinhos de batata, pensa Alida, e ela corta um pedaço generoso e o molha na gordura e ela também pega um pouco de toucinho frito no garfo e leva tudo à boca e um pouco de gordura escorre pelo queixo dela e de que importa, pensa Alida enquanto respira fundo, porque ela nunca provou nada tão bom quanto aquilo, ela tem certeza, pensa Alida, e ela mastiga e saboreia e corta mais um pedaço generoso de carne defumada e com os dedos ela põe aquilo na boca e ela mastiga e inspira e expira e ela vê Åsleik chegar e ele larga um caneco espumante de cerveja à frente dela e então larga um caneco ao lado do prato dele e então ergue o caneco dele em direção ao dela e diz saúde e Alida ergue o caneco, mas ele é tão pesado e ela está tão fraca que mal consegue erguê-lo, mas no fim ela consegue, e ela leva o caneco à frente em direção a Åsleik e diz saúde e então ela vê Åsleik levar o caneco à boca e tomar um gole demorado e a cerveja espuma pela barba dele e Alida leva o caneco à boca e ela mais beberica a cerveja, porque na verdade nunca gostou muito de cerveja, talvez por ser uma bebida amarga ou azeda, mas aquela cerveja, ah, aquela era doce e clara e leve, a mais pura doçura, pensa Alida, e ela prova mais uma vez a cerveja e pensa que ah, ah, que cerveja mais boa, pensa Alida, e ela vê Åsleik sentar-se e ele corta um pedaço generoso de carne defumada e o põe na boca e então mastiga

Que delícia, diz Åsleik

Eles sabem cozinhar aqui na Cantina, ele diz

A carne estava bem defumada e bem salgada, ah se estava, ele diz

O que você me diz, hein, ele diz

Essa é a melhor comida que eu já comi, diz Alida

Me sinto quase obrigado a dizer o mesmo, diz Åsleik

E os bolinhos de batata também estavam bons, ele diz

Estavam, diz Alida

É a melhor comida que eu já comi, ela diz

e ela vê Åsleik cortar um pedaço generoso de bolinho de batata e ele leva o pedaço à boca e mastiga e mastiga e entre uma e outra mastigada ele diz que delícia, que delícia esse bolinho, eles sabem cozinhar aqui na Cantina, ele diz, não tem como fazer um bolinho melhor, não existe onde comprar um bolinho melhor, ele diz, e Alida experimenta a rutabaga, porque também há rutabaga, e as ervilhas, e tudo é uma delícia, talvez nunca uma comida houvesse tido um gosto tão bom para ela, só o *pinnekjøt* feito na casa da mãe Silja no Natal, pensa Alida, mas não, não, nem aquilo era tão bom, essa carne defumada, esses bolinhos rechonchudos, tudo aquilo deve ser a melhor comida que ela já comeu em toda a vida, pensa Alida, e Åsleik diz estava muito bom e ele aperta um bolinho de batata na gordura frita e no toucinho frito e ele mastiga e engole um bolinho de batata apertado na gordura frita e com pedaços de toucinho frito

Ora, eu estava mesmo com fome, ele diz

Que comida, ele diz

e Alida come e suspira e sente que o pior da fome está passando, e naquele momento a comida é simplesmente boa, não tão boa quanto nos primeiro bocados, claro, mas ela não tem nada com o que pagar, então como pode estar lá comendo a melhor comida, a melhor comida que existe em Bjørgvin, quando não tem como pagar, não, o que é que ela está fazendo, pensa Alida, não, essa não, o que foi que ela fez, mas está tão bom, não, essa não, ela pensa, imagine fazer uma coisa daquelas, pensa Alida, não ela não pode comer mais, não há como, e o pior da fome está agora saciado, e ela não tinha comido por vários dias, só tinha bebido água, então comer aquilo, é como se ela não pudesse acreditar, pensa Alida, e naquele momento, naquele mo-

156

mento ela precisa apenas dar um jeito de sair de lá, da forma mais discreta possível, ela pensa, mas como ela poderia conseguir, ela pensa, e Åsleik olha para ela

Por acaso a comida não estava boa, ele diz

e ele olha para ela com grandes olhos azuis que não compreendem e parecem confusos

Estava, estava sim, diz Alida

Mas, ela diz

Sim, diz Åsleik

e Alida não diz nada

O que foi, ele diz

Eu, ela diz

Sim, ele diz

Eu não tenho com o que pagar, ela diz

e Åsleik abre os braços de um jeito que a gordura respinga da faca e do garfo e ele olha para Alida com os olhos azuis e alegres bem abertos

Mas eu tenho, ele diz

e ele bate o punho na mesa de um jeito que os pratos saltam na mesa e os canecos também se mexem de leve e todos os olhares se voltam para eles

Eu tenho, diz Åsleik

e abre um sorriso largo

Esse sujeito tem cédulas, ah se tem, ele diz

E claro, como é que você poderia imaginar outra coisa, eu é que vou pagar, ele diz

Seria o cúmulo não oferecer comida a uma conterrânea que tem fome, que está passando fome, ele diz

Que tipo de homem eu seria, ele diz

Não, eu pago, ele diz

E Alida diz obrigada, muito obrigada, mas seria demais, ela diz

e Åsleik diz que não é demais não, ele vendeu bastante peixe e com a abundância de cédulas que tem no bolso os dois podem comer carne defumada e bolinhos de batata e ervilhas cozidas e rutabaga e o que mais quiserem por dias e meses na Cantina se quiserem, diz Åsleik, e ele ergue o caneco e bebe um gole generoso de cerveja e limpa a boca e passa a mão na barba e respira fundo e então olha para Alida e pergunta por que afinal de contas ela se encontra numa situação tão ruim como aquela e ela diz que não e os dois ficam mais uma vez em silêncio e mais uma vez eles começam a comer e Alida também beberica a cerveja e Åsleik diz que o barco dele está atracado no Cais e que amanhã ele vai zarpar rumo ao norte, ele diz, ele vai zarpar rumo a Dylgja, ele diz, e se ela quiser ir junto, e voltar para casa, ela está convidada, e se não tiver lugar onde dormir à noite, então ela pode dormir em um banco na câmara dele, diz Åsleik, pois lá há um beliche, e também cobertas para se tapar, ela pode dormir lá se quiser, ele diz, e Alida olha para ele e não sabe o que pensar nem o que dizer e ela não sabe onde vai passar a noite em Bjørgvin, e por acaso ela sabe para onde ir quando chegar a Dylgja, não ela não sabe, porque o pai Aslak também não está mais lá e para a casa da mãe ela não quer ir, ela nunca mais colocaria os pés na Encosta, por piores que estivessem as coisas para ela e para o pequeno Sigvald, nunca mais, pensa Alida, e ela ergue o caneco e beberica a cerveja

Ah depois de tanta comida boa e salgada é bom beber, diz Åsleik

e ele esvazia o caneco e diz que vai pegar mais um, e ele pode pegar mais um para ela também, mas ela ainda tem o bastante então aquilo pode esperar, ele diz

Mas, como eu disse, você pode dormir no meu barco se quiser, ele diz

e os dois ficam em silêncio

Foi triste o que aconteceu com a sua mãe, ele diz

Com a minha mãe, diz Alida

Ah, que ela tenha morrido tão de repente, diz Åsleik

e Alida tem um sobressalto, não muito forte, mas assim mesmo tem um sobressalto, então a mãe havia morrido, ela não sabia, e aquilo não importa, ela pensa, mas assim mesmo é triste, pensa Alida, e a tristeza a preenche e os olhos dela se umedecem

Eu estive no funeral dela, diz Åsleik

e Alida leva as mãos aos olhos e pensa que a mãe havia morrido e que aquilo não importa, mas ela não pode pensar assim, porque a mãe dela morreu, apesar de tudo ela era a mãe dela, não, que horror, pensa Alida

O que foi, diz Åsleik

Você está pensando na sua mãe, ele diz

Estou, diz Alida

É, foi triste que ela tenha ido embora tão de repente, ele diz

Ela não era muito velha, ele diz

E tampouco era doente, ele diz

Não dá mesmo para entender, ele diz

e os dois passam um longo tempo em silêncio e Alida
pensa que agora que a mãe dela está morta ela poderia muito bem voltar para Dylgja, e assim também poderia morar
na Encosta, agora que a mãe se foi, ela pensa, para um lugar ou outro ela precisava ir, ela pensa, para um lugar ou
outro ela e o pequeno Sigvald precisavam ir, ela pensa
   Pense, diz Åsleik
   Se você não quer voltar a Dylgja, ele diz
   e Alida e Åsleik se levantam e ele parece agitado quando se levanta e atravessa o espaço para ir ao balcão e Alida
pensa que ela e o pequeno Sigvald precisam dormir em um
lugar ou outro, porque ela está muito muito cansada, ela
poderia dormir naquele mesmo instante, sentada na cadeira, ela pensa, e agora que a mãe dela se foi ela pode muito
bem voltar para casa, mas é um horror que a mãe dela tenha morrido, é triste demais e agora ela está muito muito
cansada, pensa Alida, porque ela caminhou e caminhou, primeiro da Praia até Bjørgvin e depois pelas ruas de Bjørgvin,
ela caminhou e caminhou e praticamente não dormiu, e
quanto tempo ela passou caminhando, quanto tempo ela
passou sem dormir, ela não sabe, ela caminhou e caminhou
à procura de Asle, ah se caminhou, mas Asle não está em
lugar nenhum e como é que ela vai se virar sem ele, pensa Alida, e talvez ele tenha viajado a Dylgja, será mesmo,
não ele nunca faria uma coisa dessas, não sem ela, porque
Asle não é assim, ela sabe, pensa Alida, mas que fim ele levou, ele simplesmente ia a Bjørgvin resolver um assunto,
ele disse, e ela o viu lá na porta e sentiu que nunca mais haveria de vê-lo, ah se sentiu, ela viu Asle lá na porta e sentiu

160

com todo o ser como se nunca mais houvesse de vê-lo, e pediu-lhe que não fosse, ah se pediu, mas ele disse que precisava ir, pouco adiantou o que ela disse e pouco adiantou que sentisse com todo o ser que nunca mais haveria de ver Asle, mas aquilo, o fato de sentir-se daquele jeito, não devia ser mais do que um sentimento, ela havia pensado, por várias e várias vezes, mas Asle não voltava, dias se passaram, e noites se passaram, e Asle não voltava e ela não podia simplesmente ficar lá na casa, sem comida, sem nada, e assim juntou tudo o que eles tinham em duas trouxas e caminhou até Bjørgvin, e o trajeto era longo, e as duas trouxas e o pequeno Sigvald eram pesados, e ela não tinha nada para comer, e água ela encontrou em rios e riachos, e ela caminhou e caminhou e assim que chegou a Bjørgvin pôs-se a caminhar pelas ruas à procura de Asle e por vezes fez perguntas mas depois de olhar para ela as pessoas simplesmente balançavam a cabeça e diziam que Bjørgvin era cheia de sujeitos daquele tipo e que não era possível saber de quem ela estava falando, foi o que as pessoas disseram, e por fim Alida estava tão cansada que sentia como se já não pudesse mais se aguentar de pé e os olhos dela se fecharam por várias e várias vezes e então ela se ajeitou com as costas apoiadas numa casa de barcos no Cais de Bjørgvin e agora ela está lá sentada depois de comer a comida mais gostosa que deve existir no mundo e ela está muito muito cansada, pensa Alida, e lá, lá está quente e aconchegante, ela pensa, e os olhos dela se fecham e então ela vê Asle lá na porta da casa na Praia e ele diz que não vai demorar, ele só vai resolver um assunto em Bjørgvin, ele diz, e então assim que o assunto estiver resolvido ele volta para ela, diz Asle, e ela diz que ele não pode ir, ela sente com todo o ser, ele não pode ir, porque se ele for ela nunca mais haveria de vê-lo, é assim que ela sente, diz Alida, e Asle diz que o dia é hoje, é hoje que ele vai a Bjørgvin, mas ele volta para ela o mais rápido possível, diz Asle, e então ela ouve Åsleik dizer que o caneco estava cheio outra vez e ela abre os olhos e vê Åsleik largar o caneco em cima da mesa e ele senta-se e olha bem para Alida e diz que, como ele disse, se não tiver outro lugar para onde ir ela pode dormir no barco dele, como ele disse, ele diz, e Alida olha para ele e faz um aceno de cabeça e então ele ergue o caneco e diz então vamos fazer um brinde, diz Åsleik, e Alida ergue o caneco e os dois tocam os canecos e fazem um brinde e bebem um pouco e então ficam em silêncio, os dois estão bem-acomodados e satisfeitos, e os dois estão cansados e aquecidos depois de toda aquela boa comida, e depois da cerveja, e Åsleik diz que estava até meio sonolento, ele poderia muito bem tirar um cochilo, ele diz, e o barco, ah o barco por sorte está atracado no Cais, não muito longe, então talvez os dois pudessem ir até lá descansar um pouco, tirar um cochilo, diz Åsleik, e Alida diz que está realmente muito cansada, ela poderia dormir lá mesmo na cadeira, ela diz, e Åsleik diz que eles podem terminar de beber e ir ao barco descansar, ele diz, e Alida diz que é isso o que eles devem fazer, e ela bebe um pouco de cerveja e vê que Åsleik esvazia o caneco em dois goles longos e então Alida diz que ele pode beber o resto da cerveja dela, se quiser, ela diz, e então Åsleik também leva o caneco dela à boca e num longo gole bebe o resto da cerveja e então ele se levanta e Alida põe o pequeno Sigvald junto ao peito e então Åsleik ergue as duas trouxas e põe-se a caminhar em direção à porta e Alida o segue e ela está tão cansada que mal consegue se aguentar de pé e ela pensa que só precisa manter os olhos fixos nas costas de Åsleik e os olhos dela se fecham e então ela vê Asle sentado na cadeira durante o casamento e ele está tocando e a música se ergue, e o ergue, e a ergue, e os dois voam juntos na música, pelo ar, para longe, e eles estão juntos como um pássaro em que cada um é uma asa, e assim juntos os dois voam pelo céu azul e tudo é azul e leve e azul e branco e Alida abre os olhos e vê as costas de Åsleik à frente dela e ela vê o chapéu dele que desce pela nuca e ele caminha ao longo do Cais e Alida para e lá, caído em frente ao pé dela, está um bracelete, ah um bracelete dourado e azul e lindo, não, ela nunca tinha visto um bracelete tão lindo como aquele, de ouro o mais dourado que existe com pérolas as mais azuis que existem, pensa Alida, e ela se abaixa e o pega, ah, que lindo, nunca na vida ela tinha visto coisa tão linda, tão dourada e tão azul, ela pensa, e imaginar, imaginar que aquilo estivesse lá no Cais, e bem em frente ao pé dela, e ela segura o bracelete à frente do corpo, e por que o bracelete estava lá, ela pensa, alguém deve tê-lo perdido, ela pensa, mas agora, agora o bracelete é dela, agora e para sempre aquele bracelete dourado e azul vai ser dela, pensa Alida, e ela segura o bracelete com a mão livre e parece inacreditável, ela pensa, que alguém possa perder um bracelete tão lindo, que uma pessoa se importe tão pouco com aquilo a ponto de perder, ela pensa,

mas agora, agora o bracelete é dela, e ela nunca vai perdê-
-lo, pensa Alida, porque agora ela sabe, agora ela sabe que
aquele é um presente de Asle, ela pensa, mas como ela pode pensar uma coisa dessas, não é possível, ela encontra um
bracelete no Cais de Bjørgvin e então pensa que aquilo é
um presente de Asle, mas é mesmo, o bracelete é um presente de Asle, ela simplesmente sabe, pensa Alida, e nunca,
nunca mais, nunca mais ela há de vê-lo, ela pensa, também
isso ela simplesmente sabe, mas não sabe como nem por
que sabe dessas coisas, ela simplesmente sabe, pensa Alida,
e ela vê que Åsleik está um bom pedaço à frente no Cais e
vê que ele para e olha para ela e ela põe o bracelete dourado e azul, imaginar que agora aquele bracelete lindo é dela, o bracelete mais lindo do mundo, pensa Alida, e ela vê
que Åsleik parou e ele aponta e diz você está vendo aquele promontório, o nome do lugar é Promontório, é lá que
enforcam as pessoas, ele diz, e não muito tempo atrás, só
dois ou três dias atrás um sujeito de Dylgja foi enforcado lá,
ele diz, mas isso, isso você deve saber, ele diz, com certeza
você sabe, diz Åsleik, porque esse sujeito, esse Asle você
conhecia muito bem, ele diz, e Alida não entende o que
Åsleik diz nem o que pretende dizer e ele continua a apon-
tar, lá, no Promontório, o Asle foi enforcado, eu mesmo vi,
eu estava lá e vi quando ele foi enforcado, claro que eu estava lá, porque eu estava em Bjørgvin, diz Åsleik, mas isso,
isso você sabe muito bem, talvez você mesma também estivesse lá, ele diz, pois não é ele o pai do seu filho, ah, deve muito bem ser, ele diz, pelo menos é o que dizem, que
deve ser ele, e deve ser isso mesmo, diz Åsleik, e se você

não for embora de Bjørgvin pode acabar enforcada também, ele diz, então agora, agora vamos para o meu barco antes que peguem e enforquem você também, diz Åsleik, e Alida ouve o que ele diz e ao mesmo tempo não ouve, e ela está tão cansada que não entende nada, e Åsleik diz que foi terrível ver um conterrâneo ser enforcado, e depois ficar lá pendurado com a corda no pescoço, mas se fosse mesmo verdade que ele havia matado uma pessoa, no mínimo uma pessoa, então aquilo era justo, diz Åsleik, e a mãe dela, o que mais podia ter acontecido com a mãe dela, ele diz, para morrer de repente, e para que no dia seguinte ela e Asle tivessem ido embora, como explicar, e o sujeito que queria retomar o abrigo de barcos do pai, e que pediu a Asle que o desocupasse, porque assim devia ter sido, pelo menos era o que diziam, por que o haviam encontrado no mar, afogado, como isso tinha acontecido, ele disse, e ninguém tinha certeza nenhuma em relação a nada disso, mas com a velha parteira de Bjørgvin era diferente, nesse caso não havia dúvida nenhuma, ela tinha sido morta, sufocada, estrangulada, quanto a isso não havia dúvida nenhuma, segundo dizem, diz Åsleik, e quem faz uma coisa dessas não merece outra coisa senão acabar pendurado para morrer na frente dos olhos de todos, como Asle morreu, ele diz, imagine fazer uma coisa dessas, diz Åsleik, e Alida ouve que ele fala e fala e não entende o que ele diz e ela vê Asle caminhar à frente dela ao longo do Cais e ele carrega as duas trouxas e então diz que agora eles precisam ir embora de Bjørgvin, simplesmente ir embora, para então passar um bom tempo em outro lugar, onde poderiam comer bem, porque ele conseguiu muita comida boa, ele diz, e ela olha para as costas de Åsleik e ele caminha ao longo do Cais e Alida põe os dedos em volta do bracelete dourado e azul, o bracelete mais lindo do mundo, e ela vê que Asle para e ele olha para ela e quando chega até ela ele diz que eles precisam caminhar um pouco mais depressa até que estejam longe de Bjørgvin, e então podem caminhar mais devagar, então haveria todo o tempo do mundo, então eles poderiam descansar e comer e levar uma vida tranquila, diz Asle, e ele mais uma vez se põe a caminhar e Alida vê que Åsleik para e ele diz esse é o meu barco, e na minha opinião é um bom barco, diz Åsleik, e Alida o vê cruzar a balaustrada e subir a bordo e ele larga as trouxas dela lá dentro e estende os braços e ela lhe entrega o pequeno Sigvald enquanto segura o bracelete, o bracelete mais lindo que existe no mundo, o mais dourado, o mais azul, e Åsleik pega o pequeno Sigvald e ouve-se um grito furioso e Alida não pega a mão que Åsleik estende para ela e ela cruza a balaustrada e sobe a bordo por conta própria e então está no barco, e ela está segura no convés e o pequeno Sigvald grita e berra e faz o maior barulho possível e Åsleik entrega-o para ela e então Alida coloca-o junto ao peito e o embala de um lado para o outro e o pequeno Sigvald para de berrar e volta a respirar num ritmo constante junto ao peito dela

Esse é o meu barco, diz Åsleik

Eu pesco e trago o peixe para Bjørgvin, ele diz

E agora tenho várias cédulas, ele diz

e ele bate no bolso da calça e os olhos de Alida se fecham e ela vê Asle sentado na popa do barco mexendo na cana do leme e os olhos deles se encontram e é como se os olhos dela fossem os dele e como se os olhos dele fossem os dela e os olhos deles são grandes como o mar, grandes como o céu e ela e ele e o barco são como um único movimento luminoso no céu luminoso

Não você não pode dormir agora, diz Åsleik

e Alida abre os olhos e o movimento luminoso desaparece e transforma-se em nada e aquilo foi tudo e ela sente a mão de Åsleik no ombro dela e ele diz que foi um horror o que aconteceu com Asle, mas claro que não foi culpa dela, o que ela poderia ter feito, ele diz, ele entende, mas pode muito bem haver quem pense diferente, então se ficar em Bjørgvin ela pode se tornar suspeita de ter participado, é até bem provável, ele diz, então ele a aconselha a não ficar em Bjørgvin, ele diz, mas na câmara dele ela vai estar segura, diz Åsleik, e ele a conduz ao longo do convés e diz que o barril fica no pequeno compartimento atrás da câmara, depois de tudo o que eles comeram e beberam seria bom que ela soubesse onde fica o barril, ele diz, ele mesmo daria uma passada por lá sem muita demora, ele diz, e ele abre a porta da câmara e diz essa é a minha pequena casa no mar, e não é nada má, se você me perguntar, ele diz, e Åsleik entra e acende um lampião e em meio à penumbra Alida mal enxerga um banco e uma mesa e Åsleik diz que é terrível pensar no tipo de situação em que Asle a colocou, ele diz, é inacreditável, mas agora ele recebeu o devido castigo, e foi merecido, ele diz, agora ele pagou com a própria vida, diz Åsleik, e Alida mal enxerga um banco e uma mesa e decerto uma pequena estufa ela tem a impressão de ver também e ela senta-se no banco e larga o pequeno Sigvald, ele agora dorme um sono calmo e tranquilo junto da antepara e ela segura o lindo bracelete dourado e azul com os dedos, o bracelete mais lindo que existe no mundo, pensa Alida, e ela vê Åsleik ao pé da estufa

Precisamos de mais calor por aqui, ele diz

E Åsleik põe lascas de madeira e lenha na estufa e aquilo começa a queimar e então ele diz que daria uma passada no barril, e ele sai e Alida tira o bracelete e o segura à frente do rosto e que coisa mais linda, ela pensa, tão dourado e tão azul e tão lindo, deve ser feito do ouro mais puro, e ainda com aquelas pérolas azuis, como era o céu quando ela e Asle eram o céu, como era o mar quando ela e Asle eram o mar, dourado e lindo e com pedras azuis, pensa Alida, e o bracelete é um presente de Asle, ela tem certeza, pensa Alida, ela simplesmente sabe, com toda a certeza possível, ela pensa, e ela põe o bracelete no pulso e é lá que ele há de ficar enquanto ela viver, pensa Alida, e ela olha para o bracelete, ah que coisa linda, que coisa mais linda, ela pensa, e os olhos dela se enchem de lágrimas e ela está muito muito cansada e ouve Asle dizer que agora ela precisa dormir, agora ela precisa descansar bem por um bom tempo, realmente precisa, ele diz, e o bracelete, o bracelete veio mesmo dele, ele diz, ela precisa saber, mesmo que não o tenha recebido dele, não foi possível, mas assim mesmo o bracelete é um presente dele, ele foi a Bjørgvin comprar alianças para eles, ele diz, mas então viu aquele belo bracelete e assim não havia mais nada a fazer além de comprá-lo, e agora o bracelete está com ela, mesmo que ela o tenha encontrado, aquele é um presente dele, diz Asle, e então Alida se deita no beliche e se espreguiça e ela põe a mão no bracelete e ouve Asle perguntar se ela gosta do bracelete, e ela diz que é lindo, é o bracelete mais lindo que ela já viu, que pudesse no mundo existir um bracelete tão lindo, ela jamais havia imaginado, então obrigada, obrigada de todo o coração, ela diz, ele é muito bom, muito bom para ela, e agora, agora as coisas vão dar certo para ela, diz Asle, e ela diz que está deitada e vai dormir, e ela tem um teto acima da cabeça, e lá também está quente, então tudo está bem com ela e com o pequeno Sigvald, ela diz, ele não precisa se preocupar, tudo está bem, tudo está tão bem como poderia estar, diz Alida, e então Asle diz que ela precisa dormir bem e Alida diz que eles podem se falar amanhã e então ela sente como se por assim dizer afundasse no próprio corpo cansado e logo não vê mais nada e tudo é escuro e tudo é macio e escuro e um pouco úmido e Åsleik entra e olha para ela, então ele pega uma coberta e a estende por cima dela e ele põe um pouco mais de lenha na estufa e então se senta nos pés do beliche com as costas apoiadas na antepara e ele olha para a frente e sorri, ele olha para a frente e sorri, e então se levanta e ele apaga o pavio do lampião e tudo fica escuro e então ele se deita totalmente vestido no soalho, e então tudo fica em silêncio, em silêncio, ouve-se apenas o mar que bate e chapinha de leve contra o costado, um leve chapinhar, umas leves batidas, e então o leve jogo do barco e então o crepitar da lenha que já está quase toda queimada e Alida sente o braço de Asle em torno dela e ele sussurra minha querida, minha amada, você, sempre você, diz Asle, e ele a estreita junto de si e acaricia os cabelos dela e então ela diz meu amado, diz Alida, e então ela ouve a respiração do pequeno Sigvald num ritmo constante, e então ouve Asle respirar num ritmo constante e o calor dele irradia até ela e então ela e ele respiram juntos num ritmo constante e tudo está tranquilo e há os movimentos tranquilos e ela e Asle se movimentam com os mesmos movimentos tranquilos e tudo é silencioso e azul e inacreditável e Alida acorda e levanta o rosto e onde ela está e tudo ondula com força para cima e para baixo, e o que é aquilo, onde ela está, ela pensa, e ela senta-se no beliche e ela está num barco e eles estão no mar e ontem, ah, ontem ela esteve a bordo no barco de Åsleik, pois em um lugar ou outro ela e o pequeno Sigvald precisavam dormir, e lá ela dormiu e agora está acordada e no banco dorme o pequeno Sigvald e ela foi até Bjørgvin para encontrar Asle, mas não o encontrou, e então ela sentou-se e onde ela está agora, pensa Alida, para onde ela está indo, pensa Alida, e ela olha para o bracelete, ah como é bonito, e agora, ah agora ela se lembra, ela se lembra que achou o bracelete no Cais, e como é bonito, tão dourado, tão azul, e que aquilo era um presente de Asle, ela pensava que devia ser, mas não pode ser, deve ser simplesmente um bracelete que alguém tinha perdido, mas lindo, ah lindo, e agora é dela, e então Åsleik, ele disse que a mãe dela havia morrido, e que Asle também havia morrido, que o haviam enforcado, ah, assim foi, agora ela está a bordo do barco de Åsleik e eles estão navegando rumo a Dylgja, porque ela não podia simplesmente ficar em Bjørgvin, sem casa, sem dinheiro, e então Åsleik disse que ela podia voltar com ele para casa, para Dylgja, e agora eles estão navegando para lá, pensa Alida, e como ela não encontrou Asle em Bjørgvin, talvez seja mesmo o melhor, em um lugar ou outro ela também precisa estar, e em um lugar ou outro o pequeno Sigvald precisa estar, eles não podem estar em lugar nenhum, e agora que a mãe dela está morta ela talvez possa voltar para casa e ficar por lá, pensa Alida, mas, ela tem um sobressalto, a história de que Asle está morto, de que foi enforcado, de que foi enforcado no Promontório, não, não Asle está vivo, ele precisa estar vivo, ele está vivo, claro que Asle está vivo, não pode ser de outro jeito, pensa Alida, e ela se espreguiça e vê que o pequeno Sigvald dorme um sono calmo e tranquilo, e ela abre a porta e uma brisa fresca sopra no rosto dela e levanta os cabelos dela e ela sente um cheiro bom de maresia e ela se vira e lá junto à cana do leme ela vê que está o homem de nome Åsleik e ele a cumprimenta com um boa tarde boa tarde, bom dia eu não poderia dizer porque já é tarde, diz Åsleik, e Alida olha ao redor e ela vê o mar, o mar aberto, e ela vê a terra firme mais longe, ilhotas e escolhos onde nada cresce, só se veem pedras

    Estamos avançando depressa, o vento está bom, diz Åsleik

    Temos vento de popa desde Bjørgvin, ele diz

    Já estamos chegando a Dylgja, ele diz

    e uma rajada forte pôs as velas a estalar

    Aí está, ele diz

    O vento está bom, ele diz

Daqui a pouco vamos estar em Dylgja, ele diz

Estamos chegando a Dylgja, diz Alida

É, diz Åsleik

Mas o que eu vou fazer, ela diz

Eu pensei, ele diz

Você pensou, ela diz

Bem foi você mesma que quis vir, diz Åsleik

É, diz Alida

Eu pensei que seria melhor para você estar em Dylgja, pois onde você ficaria com o seu filho em Bjørgvin, ele diz

E Alida vai até a popa do barco, e se posta lá com os pés afastados de marinheiro, ao lado de Åsleik

Mas eu também não tenho nenhum lugar para ficar em Dylgja, ela diz

Aqui você tem a sua irmã, ele diz

Mas eu não quero ficar na casa dela, diz Alida

Mas você pode, ele diz

e os dois ficam lá sem dizer nada e o vento sopra nas velas e nos cabelos e de vez em quando as ondas se batem contra a proa e espirram para cima do convés

Eu não tenho nada a fazer em Dylgja, diz Alida

Não, não, diz Åsleik

Você precisa me deixar em outro lugar, ela diz

Mas o que você faria em outro lugar, ele diz

E o que vou fazer em Dylgja, ela diz

e mais uma vez eles ficam lá parados sem dizer nada

Bem, diz Åsleik

e então ele não diz mais nada e então Alida também não diz mais nada

Bem, a minha mãe está morta, seria bom ter uma pessoa que cuidasse da casa para mim, diz Åsleik

e Alida simplesmente fica lá sem dizer nada

Você não responde, ele diz

Eu estou procurando o Asle, ela diz

Mas o Asle, eu já contei o que aconteceu com ele, diz Åsleik

e Alida ouve o que ele diz e ao mesmo tempo não ouve, porque Asle precisa existir, não pode ser de outro jeito, outra coisa seria impossível

Bem, ontem eu contei o que aconteceu com ele, diz Åsleik

e não pode ser assim, porque aquilo é simplesmente uma coisa que ele diz, pensa Alida

Foi o que aconteceu com ele, diz Åsleik

Eu vi com os meus próprios olhos, ele diz

e os dois ficam em silêncio

Eu o vi ser enforcado e o vi lá pendurado, ele diz

e Alida pensa que ela e Asle ainda são namorados, ainda estão juntos, ele com ela, ela com ele, ela nele, ele nela, pensa Alida, e ela olha para o mar e para o céu onde vê Asle, ela vê que o céu é Asle, e ela sente o vento, e o vento é Asle, ele está lá, ele é o vento, se ele não existe, mesmo assim está lá, e então ela ouve Asle dizer que está lá, ela o vê lá, e se olhar para o mar ela pode ver que ele é aquele céu que ela vê acima do mar, diz Asle, e Alida olha e claro ela vê Asle, mas não só ele, ela também se vê a si mesma no céu e Asle diz que ele também existe nela e no pequeno Sigvald e Alida diz que existe mesmo, sempre vai existir, e

173

Alida pensa que agora Asle só vive nela e no pequeno Sigvald, agora é como se ela fosse Asle na vida, pensa Alida, e então ela ouve Asle dizer eu estou aí, eu estou com você, eu sempre estou com você, então não tenha medo, eu acompanho você, diz Asle, e Alida olha para o mar e lá, lá no céu ela vê o rosto dele, como um sol invisível ela o vê, e então vê a mão dele, que se ergue e acena para ela e Asle diz mais uma vez que ela não precisa ter medo e ele diz que agora ela precisa cuidar bem de si e do pequeno Sigvald, ela precisa cuidar da melhor forma possível de si e do pequeno Sigvald, e assim em não muito tempo os dois vão se reencontrar, diz Asle, e Alida sente o corpo dele junto de si e sente a mão dele afagar-lhe os cabelos e ela afaga-lhe os cabelos

O que você me diz, diz Åsleik

e Alida pergunta a Asle o que ele acha e ele diz que o melhor seria ficar com Åsleik, pois para onde mais ela iria, ele diz, tanto para ela como para o pequeno Sigvald aquilo seria o melhor agora, ele diz

Cuidar da sua casa, diz Alida

É, diz Åsleik

E claro que você vai ter um teto e comida, para você e para o seu filho, ele diz

Sei, diz Alida

E o pagamento, ah vai ser melhor que o de outras criadas, isso eu também garanto, ele diz

e Alida ouve Asle dizer que aquilo seria o melhor, e que ele estaria com ela, ele diz, ela não precisava ter medo, ele diz, e então Asle diz que eles podem se falar mais tarde e Alida diz que tudo bem

174

O que você me diz, diz Åsleik
e Alida não responde
Como você sabe eu moro em Vika, ele diz
É lá que tenho uma casa e um abrigo de barcos e um
celeiro, ele diz
E um porto seguro, com trapiche, ele diz
E umas ovelhas e uma vaca, ele diz
E eu moro lá sozinho desde que a minha mãe faleceu,
ele diz
Então o que você me diz, diz Åsleik
Você vai ter carne e peixe, ele diz
E batatas, ele diz
e Alida pensa para onde mais ela iria, então ser criada
na casa de Åsleik talvez fosse mesmo o melhor
Para onde mais eu iria, diz Alida
Então você aceita, diz Åsleik
Acho que aceito, ela diz
Parece ser o melhor, diz Alida
É o que me parece, diz Åsleik
É o que eu penso, ele diz
Não sei o que mais eu poderia fazer, ela diz
Tudo bem, diz Åsleik
Eu preciso de uma criada em casa, e você precisa de
um lugar para morar, você e o seu filho, ele diz
E não falta muito para chegarmos, ele diz
E Vika é um lugar bom, você vai ter uma vida boa,
ele diz
e Alida diz que ela precisa ir ao banheiro e Åsleik diz
que lá, atrás daquela porta, ele diz enquanto aponta, lá fica

o barril, naquele compartimento, ele diz, e Alida abre a porta e ela entra e fecha o trinco da porta e ela senta-se e fica lá sentada e é bom ficar lá sentada e fazer o que precisa ser feito e não ter de fazer aquilo na rua, pensa Alida, e talvez ela não entenda direito tudo o que está acontecendo, ela pensa, e ela pode muito bem ser criada na casa de Åsleik como poderia ser criada na casa de outra pessoa, ele não é pior do que ninguém, ela pensa, talvez seja até melhor, seria possível imaginar, ela pensa, para a casa da irmã na Encosta de qualquer forma ela não iria, como foi que ela tinha pensado numa coisa dessas, porque ela pensou, ah se pensou, em ir à casa da irmã e perguntar se poderia morar com ela, e que ela tenha pensado isso, ah, seria bem melhor ser criada na casa de Åsleik, bem melhor, pensa Alida, então ela vai ser criada na casa de Åsleik, pensa Alida, pois para onde mais ela iria, agora Asle se foi, mas assim mesmo Asle está com ela, não, não dá para entender nada, pensa Alida, e então ela ouve Åsleik cantar, sou marinheiro na vida, e meu barco é meu mundo, navego sob as estrelas, sempre perto do céu, meu amor é a menina, e meu sonho é o mar, navego sob as estrelas, e a lua é meu casulo, ele canta, e ele não tem uma voz especialmente boa, mas a voz soa alegre e contente, e é agradável ouvi-lo cantar, pensa Alida, e o que foi que ele disse, casulo, e a lua é meu casulo, deve ter sido isso, e o que isso pode significar, pensa Alida, e ela fez o que precisava ser feito, mas continua sentada no barril, e casulo, o que pode ser isso, ela pensa, e então ouve Åsleik gritar você dormiu aí dentro e ela responde não mesmo e ele diz ainda bem e então ele pergunta se ela se decidiu, se ela quer ser criada na casa dele e ela não responde e ele diz que ela precisa se decidir logo, ele diz, porque já dá para ver o Grande Moledro no promontório, ele diz, então não falta muito para que eles cheguem a Vika, ele diz, e Alida se levanta e fica lá parada e ouve Asle dizer que o melhor seria trabalhar na casa de Åsleik e Alida diz que talvez fosse mesmo o melhor, pois para onde mais ela iria, ela diz, e Asle diz que eles podem se falar mais tarde, ela deve ir para a casa de Åsleik, ela diz, seria o melhor, ele diz, e Alida diz que então vai ser assim e ela abre o trinco da porta e sai para o ar fresco e fecha a porta e fecha o trinco do lado de fora e fica lá parada com os pés afastados de marinheiro e os longos cabelos pretos dela esvoaçam ao vento e Åsleik olha bem para ela e pergunta então o que vai ser

Sim, diz Alida

O que você quer dizer, diz Åsleik

Eu vou trabalhar para você, ela diz

Você vai ser criada na minha casa, ele diz

Vou, diz Alida

e Åsleik ergue a mão e diz olhe, olhe lá, lá está o Grande Moledro, lá no pontal, ele diz, e Alida olha e vê um moledro alto e largo, pedra sobre pedra, empilhadas num monte acima de um pontal comprido, e Åsleik diz que ver o Grande Moledro sempre o enche de um sentimento de alegria, porque nessa hora ele está quase em casa, ele diz, agora eles vão dar a volta no pontal e depois costear o litoral mais um pouco e então vão estar em Vika, ele diz, e quando eles avançarem mais um pouco ela vai ver a casa onde há de morar, diz Åsleik, e o abrigo de barcos, e o trapiche, e os morros e pastos e toda aquela beleza ela também vai ver, ele diz, e como os dois estão no barco, seria bom se ela pudesse ajudá-lo um pouco e guiar o barco enquanto ele colhe as velas, para que assim possam atracar da melhor forma possível, e Alida diz que pode tentar, mas ela nunca guiou um barco antes, ela diz, e Åsleik diz a ela que venha, ele vai mostrar para ela, ele diz, e Alida posta-se ao lado de Åsleik e ele diz que ela deve tomar a cana do leme na mão e então Alida fica lá com a cana do leme na mão e ela segura a cana do leme e ela pode corrigir a rota um pouco mais para bombordo, e ela olha para ele e ele diz que bombordo é o mesmo que esquerda e Alida vira um pouco a cana do leme e Åsleik diz que ela precisaria virar bem mais e Alida faz assim e então o navio desliza em direção ao mar e Åsleik diz que agora ela pode virar a cana do leme para estibordo, que é a direita, ele diz, e Alida faz assim e então o barco mais uma vez desliza em direção à terra e Åsleik diz leme a meio e Alida pergunta o que ele quer dizer com aquilo e Åsleik diz que agora ela deve navegar sempre em frente e mirar um ponto a cerca de dez metros de distância do pontal onde se ergue o Grande Moledro e Alida entende que deve guiar o barco em direção àquele lugar e mais uma vez ela vira a cana do leme um pouco e então o navio desliza em frente e Åsleik diz que a manobra foi perfeita e quando eles derem a volta no pontal ela vai se encarregar do barco e ele vai se encarregar das velas, de colher as velas, e ela devia fazer como ele dissesse, se ele disser um pouco a bombordo, então ela deve virar a cana do leme, mas não muito, e se ele disser tudo a bombordo, então ela deve virar a cana do leme com força, ele diz, e Alida diz que vai fazer assim, ela vai tentar fazer exatamente como ele disser, ela diz, e Åsleik se aproxima e assume o barco e olha para o bracelete dela

Ah, que bracelete lindo, ele diz

Imagine que você tem um bracelete tão lindo, ele diz

E Alida olha para o bracelete, e ela havia se esquecido totalmente do bracelete, mas como pôde, ela pensa, ah como é bonito, ela nunca viu coisa mais linda, ela pensa

É, diz Alida

e os dois ficam lá parados sem dizer nada

Que estranho, ele diz de repente

O quê, diz Alida

Ontem, antes de encontrar você sentada lá, uma menina perguntou se eu não tinha visto um bracelete, ele diz

Ah, lá em Bjørgvin você encontra todo tipo de gente, ele diz

É, diz Alida

Você sabe, uma daquelas, diz Åsleik

Foi logo antes de eu encontrar você, um pouco adiante no Cais, ele diz

Você pode imaginar o que ela queria, ele diz

Mas eu, ah, eu, ele diz

Você entende, ele diz

Entendo, ela diz

Eu achei que ela tinha perguntado sobre o bracelete só para ter uma desculpa, ele diz

E então, quando eu disse, ah, você sabe, então a menina disse que tinha perdido um bracelete, um bracelete lindo, dourado de ouro e azul das pérolas mais azuis, ele disse

E ela me perguntou se eu não o tinha visto, ele disse

É um bracelete que deve ser parecido com este seu, ele diz

É, diz Alida

Deve mesmo, ele diz

e Alida pensa que não, não pode ser aquele bracelete, porque aquele bracelete ela ganhou de Asle, ele pode dizer o que bem entender, Åsleik, mas aquele bracelete chegou a ela por meio de Asle, porque Asle disse para ela, pensa Alida, e ela ouve Asle dizer o bracelete é meu presente para você, ele diz, e a menina sobre a qual Åsleik fala, ela o roubou dele, diz Asle, e depois o perdeu, e então Alida o encontrou, assim foi, assim tinha de ser, assim ele quis que fosse, diz Asle, e Alida diz que ela sabe que foi assim, e agora o bracelete está no braço dela e ela vai cuidar muito bem dele, ela diz, com certeza ela não vai perder o bracelete, ela diz, jamais, ela diz, e ela jamais vai conseguir agradecer o suficiente por um bracelete lindo daqueles, diz Alida

Olhe, lá você consegue ver Vika, diz Åsleik

e Alida vê um trapiche, e um abrigo de barcos, e depois uma casinha, e um pequeno celeiro, a casinha em cima e mais para baixo e um pouco mais para o lado está o celeiro

Lá é Vika, diz Åsleik

É o meu reino, ele diz

Você não acha bonito aqui, ele diz

Eu acho que é o lugar mais bonito da terra, ele diz

Sempre que eu vejo as casas daqui eu me sinto tomado pela alegria, ele diz

Ah, finalmente em casa outra vez, ele diz

Grande e opulento esse lugar não é, mas é a minha casa, ele diz

Aqui, aqui em Vika, foi aqui que eu nasci e cresci, e é aqui que eu vou morrer, ele diz

O primeiro a vir para cá foi o meu avô, ele diz

Ele limpou o terreno e depois construiu, ele diz

Ele veio de uma das ilhas a oeste no mar, ele diz

E depois comprou esse pedaço de terra, ele diz

E aqui ele passou a morar, ele diz

E o nome dele era Åsleik, como o meu, ele diz

E ele foi casado com uma mulher de Dylgja, ele diz

E eles tiveram muitos filhos, e um desses, o mais velho, foi o meu pai, ele diz

Ele também se casou com uma mulher de Dylgja, e então eu nasci, e depois vieram as minhas três irmãs, que hoje são todas casadas, e que moram todas as três cada uma numa ilha a oeste no mar, diz Åsleik

E ele diz que ele e a mãe por muitos anos moraram a sós em Vika, e a mãe tinha morrido no inverno passado e ele ficou sozinho e só então percebeu o quanto a mãe tinha feito, e o quanto era difícil se virar sem ela, sem todo o esforço dela, ele diz, só ao perder uma coisa a gente descobre o valor que ela tinha, ele diz, ah a mãe era boa para ele o tempo inteiro, ele diz, mas ela estava velha, adoeceu e por fim morreu, ele diz

É, ele diz

Enfim, ele diz

E os dois ficam lá parados sem dizer nada

Ele precisa de ajuda, ele diz

Realmente precisa, ele diz

e ele diz que gostaria de agradecer a Alida por ter pensado em ser criada na casa dele, gostaria de agradecer muito, ele diz, mas agora, agora ela precisava conduzir o barco, porque agora ele precisava colher as velas e Alida assume a cana do leme e então vê Åsleik numa velocidade assombrosa pegar um dos cabos e folgá-lo e depois fazer o mesmo com outros e depois ele puxa o cabo e a vela tremula

Um pouco a bombordo, ele grita

e então ele está do outro lado do barco e ele puxa um cabo e a vela tremula ainda mais e depois cai e uma parte da vela está no convés

Ainda mais a bombordo, grita Åsleik

e então a vela cai por inteiro de um lado e no instante seguinte Åsleik está do outro lado e ele puxa os cabos e prague ja, diz puta que pariu, a vela ficou presa, e ele puxa com força e pragueja e grita e a vela solta-se e então toda a vela está caída no convés

Um pouco mais a bombordo, em direção ao cais, você está vendo onde é, ele diz

e então ele caminha para a frente em direção à outra vela e solta nós e puxa e vai de um lado para o outro e colhe a vela e a essa altura já praticamente não resta vela nenhuma

Um pouco mais a bombordo, ele grita

182

Mais, ele grita

e Alida tem a impressão de que a voz dele parece furiosa e então ele chega correndo pelo convés

Leme a meio, merda, ele grita

e ele pega a cana do leme e a põe no meio

Mantenha o rumo, merda, ele grita

e Åsleik mais uma vez corre pelo convés e colhe a vela por completo

Um pouco a bombordo, não muito, só um pouco, ele grita

e o barco desliza rumo ao trapiche

Um pouco a estibordo, ele grita

e o barco desliza ao longo do trapiche e Åsleik se posta à vante com um cabo na mão e ele joga o laço ao redor de um poste de amarração no trapiche e ele estica o cabo e firma o barco e então pega outro cabo e mesmo que a distância seja grande entre o costado do navio e o trapiche ele sobe no costado e no instante seguinte está no trapiche e ele prende o cabo em outro poste de amarração e depois puxa o barco em direção à terra e logo Åsleik está mais uma vez a bordo

Você se saiu bem, muito bem, deu tudo certo, ele diz

O vento estava à feição, e você se saiu bem, ele diz

Eu não teria conseguido sozinho, ele diz

e Alida pergunta como ele teria levado o barco a terra

Eu teria dado um jeito, ele diz

Seria preciso levar o barco à toa, ele diz

Seria preciso ter remado até o cais, ele diz

Como, diz Alida

O barco seria rebocado por um barco menor, a remo, diz Åsleik

e ela ouve que o pequeno Sigvald chora um choro dorido, e talvez ele esteja chorando há tempo e ela simplesmente não o tenha ouvido chorar, com todo o barulho das velas e dos cabos e de sabe-se lá como se chama o restante, e os gritos de Åsleik podem ter abafado o choro dele, pensa Alida, e ela entra na câmara e lá no beliche está o pequeno Sigvald, ele está deitado chorando e balançando a cabeça de um lado para o outro

Não eu já estou aqui, não chore mais, diz Alida

Querido, ela diz

Meu querido, ela diz

e ela ergue o pequeno Sigvald e o segura junto ao peito e ela diz Asle você me ouve, Asle você me ouve, ela diz, e então ela ouve Asle dizer que ele a ouve claramente, ele está sempre com ela, ele diz, e Alida senta-se e tira o seio e ela ajeita o pequeno Sigvald no seio e ele mama e mama e Alida ouve Asle dizer que ele estava com fome mesmo, ele diz, ah mas agora o pequeno Sigvald está bem, ele diz, e Alida diz que agora, ah agora ela também está bem, ela diz, e agora ele devia estar lá, ela diz, e Asle diz que ele está lá, ele está sempre com ela e sempre vai estar com ela, ele diz, e Alida vê que Åsleik está na porta

Ele precisa mamar, ele diz

Precisa, diz Alida

Muito bem, ele diz

Eu vou começar a levar as coisas para casa, ele diz

Comprei muita coisa em Bjørgvin, ele diz

Sal e açúcar e pão, ele diz

E café, e outras coisas que não quero mencionar, ele diz

e Alida ouve Asle dizer que já que as coisas tinham acontecido daquele jeito, o melhor seria que ela trabalhasse como criada em Vika, porque assim tanto ela como o pequeno Sigvald teriam casa e comida, ele diz, e Alida diz que se ele acredita que é assim, então seria assim, ela diz, e o pequeno Sigvald para de mamar e fica lá deitado e então Alida se levanta e sai ao convés e ela vê Åsleik subir a encosta em direção à casa, levando um caixote em cada ombro, e ela vê que mais adiante no convés há outros caixotes como aqueles, e também sacos, e ela pensa que é lá, em Vika, lá em Vika, em Dylgja, que ela agora vai morar, é lá em Vika que ela e o pequeno Sigvald vão ficar, e por quanto tempo, ah isso ninguém saberia dizer, talvez ela passe o restante dos dias em Vika, ela pensa, e então pensa que sem dúvida vai ser assim, que é lá, em Vika, que ela vai passar o restante dos dias. E seria bom, ela pensa. Também seria possível viver a vida por lá, ela pensa. E Alida cruza a balaustrada e desce no trapiche e ela vê que um caminho sobe em direção à casa e ela vê Åsleik abrir a porta no meio da casa e entrar e Alida começa a subir pelo caminho e Åsleik sai e ele diz que é muito bom tornar à própria casa, muito bom rever a própria casa, por menor que seja, ele diz, e então ele desce o caminho e diz que precisa levar muita coisa para a casa ao fim de uma viagem a Bjørgvin, por isso ele costuma fazer compras grandes, ele diz, e Alida vai até a casa e entra e ela vê uma estufa no canto, uma mesa e cadeiras, um banco encostado na parede, e além disso há o sótão, com uma escada que sobe, e então ela vê uma porta e a porta dá para a cozinha, pensa Alida, e ela coloca o pequeno Sigvald, que está dormindo, em cima do banco, e vai até a janela e vê Åsleik subindo o caminho com um saco no ombro e ela pergunta a Asle se ele tem alguma coisa a dizer e ele diz que tudo está tão bem como poderia estar e Alida sente que está muito, muito cansada, e ela vai até o banco e vê o pequeno Sigvald deitado junto à parede e ela está muito, muito cansada, infinitamente cansada, e por que ela está tão cansada, deve ser por tudo, ela pensa, a viagem a Bjørgvin, as andanças pelas ruas de Bjørgvin, a viagem de barco até lá, tudo, tudo junto, ela pensa, e também Asle, que se foi e ao mesmo tempo se mantém perto, tudo, tudo junto, pensa Alida, e ela se deita no banco e fecha os olhos e ela está muito muito cansada e vê Asle parar no caminho à frente, e ela está muito, muito cansada, quase dormindo, e Asle fica lá parado, e eles caminharam por muito tempo, e deve fazer muitas horas desde a última vez que viram uma casa, e agora Asle parou

Lá tem uma casa, vamos até lá, ele diz

Precisamos descansar, ele diz

É, eu estou muito cansada e com muita fome, diz Alida

Me espere aqui, ele diz

e Asle larga as trouxas e então sobe em direção à casa e Alida vê que ele para em frente à porta e bate e então espera, e então bate outra vez

Ninguém atende, diz Alida

Não, decerto não tem ninguém em casa, diz Asle

e ele tenta abrir a porta e a porta está trancada e Alida
vê Asle tomar impulso e bater o ombro contra a porta e então ouve estalos e rangidos e a porta se abre um pouco e então
Alida vê Asle ir até uma árvore e ele pega a faca e corta um
galho e pega e enfia o galho na fresta da porta e a força e a
porta se abre ainda mais e mais uma vez ele toma impulso
e se joga contra a porta e a porta se abre e Asle cai para o lado de dentro e então Alida o vê de pé no vão da porta
    Venha, ele diz
    e Alida está muito muito cansada e ela pensa que eles
talvez não devessem entrar numa casa daquele jeito e ela
vê Asle entrar na casa e ela simplesmente fica lá parada e vê
Asle sair mais uma vez
    Não mora ninguém aqui e faz tempo que ninguém apa-
rece por aqui, ele diz
    Nós podemos ficar aqui, ele diz
    Venha, ele diz
    e Alida começa a subir em direção à casa
    Demos sorte, diz Asle
    e Alida acorda de repente e ela abre os olhos e vê que
a casa está quase toda às escuras na sala onde está deitada
e ela vê Åsleik como um vulto escuro no meio do cômodo e
ela vê que ele se despe e ela fecha os olhos e ela ouve Åsleik
caminhar pelo cômodo e ele estende uma coberta por cima
dela e então se deita na cama por baixo da coberta e põe os
braços ao redor dela e se aconchega nela e Alida pensa que
talvez seja assim mesmo, claro, ela pensa, e então pensa que é
Asle quem a abraça, e então ela não quer mais pensar em

nada, ela pensa, e fica lá deitada, tranquila, e Vika é um bom lugar, a casa não é muito grande, mas fica num lugar bem abrigado, e há encostas verdes ao redor da casa, e o celeiro fica um pouco mais perto do mar, perto do abrigo de barcos, e perto do trapiche, e no trapiche está o barco de Åsleik, não é nada mau lá e as ovelhas estão soltas, e a vaca está no curral, e Åsleik já a ordenhou, o leite está junto ao fogão da cozinha, ele diz, e ela sabe ordenhar, ora, claro que sabe, mas todas as coisas que ela não sabe e precisa saber ele vai ensinar para ela, tudo o que ela não sabe e que ele sabe e que pode ser útil ele vai ensinar para ela, ele diz, e lá ela vai estar bem, ele diz, porque ele vai trabalhar e vai se esforçar, ele é homem para isso, ele diz, não seria problema nenhum, e trabalhar, ah, se ele sabe fazer uma coisa é isso, enquanto ele tiver vida e saúde ela e o filho dela hão de viver bem, ele diz, e não faria mal nenhum e é até bom que seja assim, e lá fora há o mar e as ondas e o oceano e as gaivotas que guincham e tudo vai ficar bem, ele diz, e as gaivotas guincham e ela não quer mais ouvir os guinchos das gaivotas nem o que ele tem a dizer e os dias passam e cada dia é como o outro e as ovelhas e a vaca e os peixes e Ales nasce e ela é uma menina bonita e os cabelos e os dentes dela crescem e ela sorri e ri e o pequeno Sigvald cresce e fica forte e parecido com o pai dela da forma como ela se lembra dele, se lembra da voz dele quando ele cantava, e Åsleik pesca e vai a Bjørgvin com os peixes que trouxe para casa e volta com açúcar e sal e café e fazendas e sapatos e aguardente e cerveja e carne salgada e ela faz bolinhos de batata cozidos e eles defumam e secam carne e peixe e os anos passam e a Irmã Caçula nasce e ela tem cabelos loiros e bonitos e cada dia é como o outro e a manhã é fria e a estufa aquece a casa e a primavera chega com a luz e o calor e o verão com o sol escaldante e o inverno com a escuridão e a neve, e também com a chuva, e depois mais neve e mais chuva e Asle vê Alida lá, parada, ela está lá parada no meio da cozinha dela, defronte a janela, a velha Alida está lá parada, e ela não pode fazer uma coisa daquelas, não tem como, ela não pode simplesmente ficar lá parada, ela que morreu tanto tempo atrás, e aquele bracelete que ela sempre usava, aquele bracelete de ouro, com pérolas azuis, não não há como, pensa Ales, e ela se levanta e abre a porta da cozinha e ela entra na sala e fecha a porta e senta-se na cadeira, se tapa com o cobertor de lã, puxa-o para junto de si, e ela olha para a porta que dá para a cozinha e vê que a porta se abre e ela vê Alida entrar e fechar a porta e então Alida para no meio do cômodo, defronte a janela da sala, ela fica lá parada e a mãe dela não pode fazer uma coisa daquelas, pensa Ales, e ela fecha os olhos e vê que Alida sai para o pátio lá em Vika, e ela sai junto, segurando a mão dela, e o irmão Sigvald sai com elas, e os três postam-se em frente à casa e Ales vê o pai Åsleik chegar pelo caminho que sobe desde o trapiche e na mão ele tem um estojo de violino, e ela vê o irmão Sigvald correr ao encontro de Åsleik

Tome, pequeno, aqui está o violino, diz Åsleik

e ele estende o estojo do violino em direção a Sigvald e ele o pega e fica lá parado, tranquilo, com o estojo do violino na mão

Você não parava de falar nisso, diz Åsleik

Não, é inacreditável o quanto ele falou sobre ter um violino, Alida diz para Ales

Ah, foi depois de ter ouvido aquele músico de uma das ilhas a oeste no mar, diz Ales

Inacreditável, diz Alida

E desde então ele passa todo o tempo possível por lá, diz Ales

É, diz Alida

Ele é um bom músico, diz Alida

Com certeza, diz Ales

Ele toca bem, diz Alida

Mas, diz Ales

Ah, o pai do Sigvald era músico, diz Alida

e quase a interrompe

E o vô também, diz Ales

É verdade, diz Alida

e ela tem a voz quase impaciente e as duas veem Åsleik dar a volta e descer rumo ao barco e Sigvald aproxima-se delas com o estojo do violino, ele o coloca no chão, abre o estojo e tira o violino, segura-o à frente do corpo, em direção a elas, e do barco, ao sol, Åsleik vem em direção a eles, carregando um caixote, e ele para ao lado deles

Eu fiz ótimas compras em Bjørgvin, ele diz

E também comprei esse violino, ele diz

E parece que é um violino excelente, ele diz

Eu o comprei de um músico que precisava de outras coisas mais que de um violino, ele diz

Mas eu paguei bem, mais do que ele pediu, ele diz

Acho que eu nunca tinha visto um sujeito tão trêmulo, ele diz

e Alida pergunta se pode ver o violino, e Sigvald lhe entrega o violino, e então vê que a cabeça de dragão na voluta estava com o nariz quebrado

Dá para ver que é um bom violino, diz Alida

e ela entrega o violino para Sigvald, ele põe o violino de volta no estojo e se posta ao lado deles, e então fica lá com o estojo do violino e Ales pensa que Sigvald, o bom irmão Sigvald, ele tinha virado um músico, não muito mais do que isso, mas ele teve uma filha bastarda, e essa filha supostamente teve um filho e o nome dele parece era Jon e dizem que ele também foi músico e que publicou um livro de poemas, enfim as pessoas fazem todo tipo de coisa, pensa Ales, e Sigvald simplesmente se foi, e agora deve estar tão velho que poderia também estar morto, ele simplesmente desapareceu e se foi e ninguém mais teve notícias, pensa Ales, e por que Alida simplesmente fica lá parada, parada na sala dela, defronte a janela, ela não pode fazer uma coisa daquelas, será que não pode simplesmente ir embora, se ela não quiser ir embora ela mesma pode muito bem fazer isso, pensa Ales, e ela vê que Alida continua parada no meio do cômodo, e ela não pode simplesmente deixar a mãe ficar lá parada, aquela é a sala dela, e por que a mãe não vai embora, por que a mãe não sai de lá, por que simplesmente fica lá parada, por que ela não se mexe, pensa Ales, e Alida não pode simplesmente ficar lá parada, porque ela morreu há muito tempo, pensa Ales, e será que ela deve tomar coragem e tocar na mãe, para descobrir se ela realmente está lá, ela pensa, mas ela não pode estar lá, já faz muitos anos que a mãe dela morreu, ela entrou mar adentro, era o que diziam, mas depois ela não sabe ao certo o que aconteceu, e as pessoas dizem muita coisa, e ela não esteve no funeral da mãe dela em Dylgja, muito ela pensou a respeito disso, que ela não esteve no funeral da mãe, mas era uma viagem longa, e ela tinha muitos filhos, e o marido dela estava longe, pescando, e então como ela poderia viajar, e talvez seja por isso, porque ela não esteve no funeral dela que a mãe agora está lá parada e não vai mais embora, mas ela não pode dizer nada, mesmo que muitas vezes tenha pensado se a mãe realmente entrou mar adentro, ela não pode fazer essa pergunta, mas as pessoas contam que a mãe dela foi encontrada na orla, ela não pode fazer essa pergunta, as coisas não estão ruins a ponto de ela sentar-se para conversar com uma pessoa que morreu há muito tempo, mesmo que seja a própria mãe dela, não, não há como, não mesmo, pensa Ales, e Alida olha para Ales e ela pensa que ela percebe que está lá, claro que deve perceber, e talvez ela incomode a filha com aquela presença, mas ela não pode querer uma coisa dessas, afinal por que ela haveria de querer incomodar a própria filha, claro que ela não quer incomodar a própria filha, ela, aquela boa filha, a filha mais velha, e a única das duas filhas queridas que chegou a crescer e a ter filhos e netos e Ales se levanta e vai com passos curtos e vagarosos em direção à porta que dá para o corredor, ela abre a porta que dá para o corredor e entra no corredor e Alida segue-a com passos curtos e vagarosos e ela também entra no corredor atrás dela e então Ales abre a porta da casa e sai e Alida a segue e então Ales põe-se a caminhar ao longo da estrada, porque se Alida não quer sair da casa dela, então ela mesma pode fazer isso, pensa Ales, não há mais nada a fazer, pensa Ales, e ela desce em direção ao mar e com passos curtos e vagarosos Alida caminha em meio à escuridão, em meio à chuva, e sai da casa lá em Vika, ela para e se vira, ela olha para a casa e tudo o que vê é uma sombra ainda mais escura na escuridão, então ela se vira de volta e continua a descer, passo a passo, ela para na orla, ouve as ondas quebrarem e sente a chuva nos cabelos, no rosto, e então caminha em meio às ondas e todo o frio é calor, todo o mar é Asle e ela segue caminhando e então Asle está ao redor dela exatamente como esteve na tarde em que os dois se conheceram enquanto ele tocava no baile pela primeira vez em Dylgja e tudo é simplesmente Asle e Alida e então as ondas batem em Alida e Ales caminha em meio às ondas, ela segue caminhando, ela caminha cada vez mais em meio às ondas e então uma onda bate nos cabelos grisalhos dela

ESTA OBRA FOI COMPOSTA PELO ACQUA ESTÚDIO EM MERIDIEN
E IMPRESSA EM OFSETE PELA LIS GRÁFICA SOBRE PAPEL PÓLEN NATURAL
DA SUZANO S.A. PARA A EDITORA SCHWARCZ EM FEVEREIRO DE 2024

A marca FSC® é a garantia de que a madeira utilizada na fabricação do papel deste livro provém de florestas que foram gerenciadas de maneira ambientalmente correta, socialmente justa e economicamente viável, além de outras fontes de origem controlada.